JN073511

金獅子と氷のオメガ

CROSS NOVELS

井上ハルヲ
NOVEL: Haruo Inoue

れの子
ILLUST: Renoko

CROSS NOVELS

CONTENTS

CROSS NOVELS

金獅子と氷のオメガ

7

あとがき

236

CONTENTS

金獅子と氷のオメガ

the gold lion
and
the ice omega

井上ハルヲ
イラスト れの子

プロローグ

広い湖の対岸にひしめく大軍勢を眺め、アデルはふと息をついた。

いったいどれほどの人数がいるのだろうか。湖の向こう側の平原は見渡す限り兵馬で溢《あふ》れかえっている。

勝てるだろうか。

いや、勝てるかではない。勝たなければならないのだ。

長い歴史を持つ国を、愛すべき民を守るために、アデルはラートランの王として戦わなければならない。

「怖いか?」

ふと尋ねられ、アデルは隣に立つ男に目を向けた。

獅子《しし》の鬣《たてがみ》のような黄金色の髪を風になびかせ、男もまた軍勢を眺めている。

大きな体躯に黒い甲冑《かっちゅう》を纏《まと》い、大剣を手にして立つ姿は、まるで戦いの神がそこに舞い降りてきたかのようだ。その頼もしいばかりの黒衣の軍神に、アデルは軽く肩をすくめて言った。

「ああ、怖いな。これからおまえが殺戮《さつりく》の獅子になるのかと思うと震えがくる」

そう答えたアデルに男が一瞬驚いた表情を見せる。だが、男はそのままにやりと笑みを浮かべ、アデルの肩に手を置いた。

甲冑越しに触れた手から温もりは感じない。けれど、アデルはこの手が温かいことを知っていた。そして、この力強く温かい手はこれからもずっと自分の側にあるということも。

「ウィルフリード――」

大剣を手に佇《たたず》む男の名を愛しむように口にし、アデルは正面を見据えた。

後の世で国を滅ぼした愚王と呼ばれるか、それとも再生の賢王と呼ばれるか――。

どう呼ばれようが今は前に進むしかない。

この金色の鬣を持つ獅子を番《つがい》とし、共に建国の道を歩むと決めたのだ。

「さて、そろそろ俺たちも出かけるとするか」

まるで散歩にでも出かけるような口調で言ったウィルフリードが大剣を肩に担ぐ。

巨大な刀身を持つそれは、これまでにいったい幾人の敵を屠《ほふ》ってきたのだろうか。獅子の模様が浮き出す甲冑が血で真紅に染まる時、そこには屍《しかばね》が山と積まれることになる。

そして、それを命令するのは他でもない、ラートランの王たるアデルだ。

戦いに向かおうとするウィルフリードに目を向け、アデルは思いを馳《は》せる。

手を携え、再建の道を歩む愛しくも頼もしき番とのあの運命的な出会いに――。

1

城下の喧噪《けんそう》が王宮内まで聞こえ、アデルはバルコニーから身を乗り出した。

街は王宮から随分離れているというのに、こんなところまで人々の歌声が聞こえてくる。

アデルの父であるフリオ二世がラートランの王となって十年が経った。王都では即位を祝う祭典が連日催され、民は歌い、踊り、王の御代を祝って酒を酌《く》み交わす。ラートランの国中がいわばお祭り騒ぎの状態だった。

「楽しそうだな……」

遠くから聞こえてくる賑やかな音楽を耳にしながら笑みを零《こぼ》したアデルは、長い黒髪を束ねていた飾りを外して中庭に出た。

緑溢れる中庭には、ラートランの国花である白百合《しらゆり》があちこちに咲いている。

アデルが後宮のこの建屋にいられるのもあと数日だった。三日後には立太子の儀式が控えており、それが終わればアデルは正式に王太子となり次期国王の地位が約束される。

王太子になれば王太子宮に居室を移さなければならない。この白百合が咲く庭園を見ることもなくなるだろう。見納めだとばかりに生け垣に近づくと、いきなりそこがガサガサと動いた。

「な……なに……?」

驚いて生け垣から飛び退き、目をこらす。

侵入者なのだろうか。今は国賓も大勢来訪しているため警備もかなり強化されているはずだ。国を挙げての祭典の真っ最中に後宮に侵入するなど、無謀にもほどがある。

「な……何者だっ……」

誰何《すいか》すると、生け垣がいっそうガサガサと揺れた。

「誰か」と警護の兵を呼ぼうとした時、そこから少年がひょっこりと顔を出した。

「あ……」

「え……？」

少年が呟《つぶや》き、アデルもまた呟く。

夏空のような青い瞳と金色の髪に目を奪われた。

ラートランの民は皆黒い髪と黒い瞳をしている上に、平原の奥地にあるせいか異国の民と血が混じり合った者が極端に少ない。少年のような金髪碧眼《へきがん》の異国の民は珍しく、アデルもここまで見事な金色の髪を見たのは初めてだった。

「あー、えっと……ここってどこ？」

茫然《ぼうぜん》としていると、生け垣から出てきた少年が前置きもなく尋ねてきた。

「どこって……花の庭園の間だけど……」

とっさにそう答えると「花の庭園の間？」と少年が首を傾げる。

「それって大広間から遠い？　うろうろしてたら迷子になったんだ。早く行かないと父上に叱《しか》られる」

大広間には王の即位記念を祝う各国の貴賓が集まっているはずだ。ということは、この少年はその貴賓の身内なのだろう。本人の言う通り、どうやら迷子になって後宮の奥まで入り込んでしまったらしい。警備の兵も子どもだから気に留めなかったということなのだろうか。

「そんなに遠くないけど案内しようか？　ラートランの王宮は迷路みたいだから」

「うん。本当に迷路みたいで面白いね。珍しくてあっちこっち見てたらどこにいるのかわかんなくなったんだ」

「また迷子になるといけないから大広間の近くまで連れて行ってあげる。おいで」

言いながら手を取ると、少年が少しはにかんだように下を向いた。その様子に自然と笑みがこぼれる。

どこかしら心を引かれる少年だとアデルは思った。側にいるだけで心が和み幸せな気持ちになってくる。

青い瞳と金色の髪は西方の国に多いと聞いているが、いったいどこの王族の子息なのだろうか。

「きれいな髪の色だね」

素直にそう言うと、少年がにかっと歯を見せて笑う。

「お姉さんの髪もすごくきれいだよ。砂漠の夜みたいだ」

お姉さんと言われ、思わず苦笑した。

ラートランの民は子どものうちはあまり男女の見分けがつかない。特に王族は男女問わず髪を長く伸ばしているため、この異国の少年にはアデルが少女に見えるのだろう。

自分より少し背が低い少年の目線に合わせ、アデルは腰を屈めた。

「君は西方の国から来たの？」

「さいほう……？　よくわかんないけど、ここまですごく遠かった」

大陸の東の果てに位置するラートランは国土の三方を高い山に囲まれ、残る一方には大きな湖がある、まさに天然の要塞のような国だ。陸の孤島などと言われているからこそ大きな戦乱に巻き込まれることもなく、立国三千年という歴史がある。だが、他国からしてみれば平原の辺境の地のようなものなのだろう。ましてや西方諸国からだとここまで来るのに数日はかかったに違いない。

「随分遠くから来たんだね。ほら、宴《うたげ》の広間はあっちだ。今はお祭りだから楽しんでいくといいよ」

大広間に続く回廊まで少年を連れてきたアデルは、そう言って前方を指さした。すると、少年が自分の肩に巻いていたストールをするりと抜き取り、それをアデルに向かって差し出した。

「これ、お姉さんにあげる」

「え？」

「ここまで連れてきてくれたお礼」

「お礼？　いいよ、そんなの」

断ろうとすると、少年は「いいから」と繊細な刺繍《ししゅう》が施されたそれをアデルの手に押しつけた。

「これ、ずっと持ってて。お姉さんがもっと大人になるまでずっと」

少し照れくさそうにそう言った少年が、「約束だよ」と手を振りながら回廊を走っていく。

白い絹に金と銀の糸で文様が刺繍されているそれをまじまじと眺め、アデルは小さく笑った。

自分が王になり、そしてあの少年もまた王になればいずれ顔を合わせることもあるだろう。その時にはこのストールを見せてやろう。

あの時の少女は自分だったのだと告げる日を楽しみにしながら、アデルは白百合が飾られた部屋へと戻っていった。


異変はその夜に起きた。

いつものように湯を使った後に寝所に入ったアデルは、体に妙な熱っぽさを感じた。

寝台に横になってもなかなか寝付けず、下腹部のあたりがじくじくと疼《うず》く。腹痛ではないそれは、紛れもなく性的な欲望だった。

体が熱くてたまらない。朝、目が覚めた時に性器が変化してしまうことはあったが、少しずつ大人の体になっているのだろうとしか思っていなかった。こんな風に全身が熱を持ったように疼

いたことなど一度もない。

「どうして……」

じりじりと神経を焼く感覚に苛《さいな》まれ、アデルは自分の体をぎゅっと抱き締めた。

腰のあたりからぞわりとした劣情が這い上がり、胸のあたりがきゅんと締め付けられる。いけないと思いつつも手が自然に下肢に伸びようとした。

「駄目だ……こんなこと……」

指先が性器に触れる寸前でアデルは慌《あわ》てて手を引いた。湧《わ》き上がる淫《みだ》らな欲望を必死で振り払い、寝台から体を起こす。

下腹部が疼いて仕方がなかった。甘い毒が全身に回っていくような錯覚にすら陥る。自分の体にいったい何が起きているというのだろうか。

不安に駆られつつ寝衣の紐《ひも》を解いて前をはだける。

「え……」

下肢を見下ろしたアデルは思わず目を見開いた。

アデルが目にしたもの——。

それは、かつて見たこともない状態になった自分の体だった。

「これは……何……?」

臍のやや下のあたりに赤い痣《あざ》が点々と浮かび上がっている。徐々に大きく広がったそれは、未熟な性器を縁取るかのようにアデルの白い肌を赤く染め始めた。

「な……何……これ……」

やがて下腹部に現れたのは蔦《つた》が絡み合ったような複雑な文様だった。

見たことも聞いたこともないものが自分の体に浮かび上がっている。臍から性器の根元までを染め上げたそれを茫然と見下ろし、アデルは唇《くちびる》を震わせた。

「い……嫌だ……」

またもや湧き上がってきた劣情に呼応して性器が硬くなっていく。体の芯が火をつけられたように熱くなり、アデルは小さく頭を振った。

文様はこれ以上の広がりを見せない。けれど、それでもアデルを不安に陥れるには充分だった。

「だ……誰か……誰か——!」

寝台から飛び降りたアデルは、寝衣の前を掻き合わせて寝所を飛び出した。

部屋を出たところで足がもつれて倒れ込む。扉の前で歩哨《ほしょう》をしていた警備兵が何事かと慌てて駆け寄ってきたが、アデルを見たその目が一瞬にして驚愕《きょうがく》のそれに変わった。

「ア……アデル様……これは……」

「ゲ、ゲルト様! アデル様がっ……アデル様が——!」

声をうわずらせた警備兵が慌てた様子で侍従を呼ぶ。

それからはあっという間だった。

やってきた侍従のゲルトも警備兵と同じように驚愕の眼差しをアデルに向け、すぐさま典医を呼んだ。

何かの病気なのだろうかというアデルの不安など誰一人として気にかけようとしない。典医に全身をくまなく調べられ、出された結論にアデルは愕然《がくぜん》とした。

「アデル殿下はオメガでいらっしゃいます。発情期を迎えられオメガの淫紋《いんもん》がお体に――」

一瞬何を言われているのかわからなかった。

ラートランの民にもむろんオメガは存在するが、王族には一人としていなかった。系図にもオメガの王族は記されていない。アデルも王族にはオメガが生まれないのだと思っていたが、そうではなかった。

ただいないことにされていたのだ。存在してはならないオメガの王族は、この三千年の間、闇に葬られていただけだったのだ。

アデルの腹に浮かび上がった赤い文様は、ラートランのオメガに現れる特有の淫紋だった。ラートランのオメガは初めての発情期を迎えるまでこの淫紋が浮かび上がらず、本人でさえ自分がオメガだと気づかない。むろんアデルもまさか自分がオメガだとは思いもしなかった。父も母もアルファで、自分も同じアルファであると疑ったことすらない。けれど淫紋は無情にもアデルの肌に浮かび上がってしまった。

淫紋が現れた数日後、アデルは王位継承権を剝奪されて王都から遠く離れた森の奥にあるアルマーナの城に送られた。領主としてアルマーナを治めるよう命じられたが、わずか十二歳の子どもにその務めが果たせるはずもない。それは事実上の幽閉だった。

王宮を去る際、父も母もアデルを見送りに現れることはなかった。

賢く美しい王子と、いずれは国を背負って立つ賢王になるだろうと、あれほどアデルを褒めそやしていた重臣たちでさえ姿を見せない。

淫紋を肌に浮かび上がらせた忌《い》まわしきオメガの王子など最初からいなかった。そう言わんばかりに彼らはアデルの存在を葬ったのだ。

森の奥に向かう馬車に揺られながら幼いアデルは悟った。

人とはこうも簡単に手のひらを返すのだということを。美辞麗句《びじれいく》を並べ立てる同じ口で、聞くに堪《た》えない罵詈雑言《ばりぞうごん》を吐くのだということを。

アデルがオメガの身を嘆いたのはほんのつかの間だった。嘆いたところで何が変わるわけでもない。自分がオメガである事実はどうあがいたところで消えようがない。アデルには自分がオメガであることを受け入れて生きていく以外に道はないのだ。

山をいくつが隔てた森の奥にあるアルマーナの城は、城とは名ばかりの古びた屋敷だった。王宮の半分どころか、王都にあった貴族たちの屋敷の方が立派に見える。

むろん使用人たちも少なく、王都から付き従ってきたのも侍従のゲルトと数名の家臣、そして警備の兵だけだ。

だが、それでも充分だとアデルは思った。

王位を継ぐこともなく、忌まわしいオメガの王族として死ぬまでここに幽閉される身には充分すぎる贅沢《ぜいたく》だろうと――。

こうしてアデルがアルマーナに送られてから十年の月日が流れた。

アデルは成人を迎えて青年へと成長したが、その間、王都から誰一人としてアデルを見舞いに来る者はいなかった。

父や母から手紙一つ来ることもない。噂《うわさ》では弟のエルスがアデルの代わりに王太子として立ち、立太子の儀式を行ったという。エルスは、どうやらアデルとは違って父や母と同じくアルファだったらしい。

おそらく王都では幽閉されたオメガの王子のことなどもう誰も覚えていないだろう。アデルも今さら王都に戻れるとも戻りたいとも思わなかった。

アルマーナは周囲を深い山と森に囲まれていたものの、街道が重なり合っていてそれなりに人の往来はあり、むろん民も多く暮らしている。幽閉されたも同然のオメガの王子を哀れんだのか、民は新しい領主となったアデルを慕い気遣ってくれた。そんな民のためにアデルもまたよき領主としてこの辺境の街を統治した。

オメガであるアデルは、男として機能はしても女性と子をなすことができない。だからといって自ら子を産み、忌まわしいオメガの王族の血を残すわけにもいかない。何よりアデルには同性である男と体を繋ぐ行為など想像もできなかった。

一代限りの領主ではあるがせめてこの街の民のために生涯を尽くそう。そう思っていたアデルの元に、ある日突然王都から使者がやってきた。

王都の家臣の顔を見たのは十年ぶりだった。なぜか疲弊《ひへい》しきった顔の使者たちは、アデルに深く頭を垂れながらこう口にした。

「アデル殿下、直ちに王都にお戻りになり新しきラートランの王として正式に王位をご継承なさいますよう――」

一瞬何を言われているのかアデルにはわからなかった。

幽閉の身である自分が王都に戻り、王位を継承するとはいったいどういう意味なのだろうか。

「おまえが何を言っているのか私にはさっぱりわからない。王都で何があった。父上はどうされたのだ?」

「陛下はみまかられました。王妃様も……」

「父上が……みまかられた……?　どういうことだ?」

聞けば、先日ラートランの王都で大規模な火災が発生し、多くの民が命を落としたという。街の半分以上を焼き尽くした炎は風に煽《あお》られて王宮にも燃え移り、宮殿の大半が焼け落ちた。むろん、王や王妃、王太子の住まいである後宮も例外ではなかった。

「陛下のお住まいである後宮に向かう回廊が炎で埋め尽くされていて、我らが向かった時にはもう手の施しようもなく……」

「では父上と母上は……」

「申し訳ありません。お二方ともお助けすることがかないませんでした……」

「お……弟は？　エルスはどうした？」

「エルス殿下は何とか炎からお助けしたのですが、酷い火傷を負われて医師の手当ての甲斐《かい》なく……一昨日みまかられましてございます……」

「何ということだ……」

街が焼け、王宮も焼けた。大勢の民が炎に巻かれて命を失い、王族たちもまた同じように犠牲になったという。

「国王陛下も王太子殿下もお亡くなりになった今、王都には直系の王族がおりません。このままではラートラン王家の血脈が途絶えてしまいます」

王と王妃、そして王太子までも一度に失い、ラートランの直系の王族はアデル以外に誰もいなくなった。三千年以上にわたって脈々と受け継がれてきたラートランの尊い血を、ここで絶やすわけにはいかない。

切迫した様子で使いの者たちがそう訴えかける。

家臣たちの言わんとしていることはアデルにもわかる。幽閉された身とはいえ、アデルとて王族の一員だ。自分たちの存在意義の中でも最も重要なのは、血脈を絶やさないことであると幼い頃から言われ続けている。

だが――。

「私はオメガだぞ。穢《けが》らわしいと忌み嫌われてこの地に追いやられた身だ。おまえたちはそれをわかって私に王になれと言っているのか？」

「アデル様がオメガでいらっしゃるのは重々承知しております。ですが、我がラートランの直系の王族はもうアデル様しかいらっしゃらないのです。どうぞ王都にお戻りになり混乱の際にある国をお救いください。ラートランの王族の尊い血を絶やさないためにも、アデル様――いえ、アデル陛下におかれましてはどうか一刻も早い王都へのご帰還を――」

アデルを『陛下』と呼び、使者が足元に額《ぬか》ずく。

その様子を言葉もなく眺めていたアデルは、何とも言い難い不快な気持ちに苛まれた。

勝手なことを――。

心の中でそう呟き、小さくため息を零す。

自分を辺境の地に追いやった父や母、重臣たちを恨《うら》みに思う気持ちなどとっくの昔に涸《か》れ果てている。彼らが勝手であることなど今さらな話だ。

だが、その勝手にまたもや振り回されることになろうとは、いったい何の冗談だというのだ。

十年間、アデルは辺境のこの地で領主として尽力してきた。幼くつたないばかりの領主を家臣や領民たちは充分支えてくれたと思う。そんな彼らのために生涯をこの地に捧げようと思った矢先に、焼けて荒れ果てた王都に戻って王位を継げとはいったい何なのだ。

「私は道具か……」

ぽつりと呟き、アデルは唇を噛み締めた。

忌まわしきオメガの王子と蔑《さげす》み貶《おとし》めた同じ口で、今度は数千年受け継がれてきた尊い血を絶やさないために王位を継げと言う。

尊さとはいったい何だ。この血は穢れているのではなかったのか。呪われたオメガであるからこうして自分は十年もの間この地に閉じ込められたのではなかったのか。

もう振り回されるのはごめんだとアデルは思った。

自分に力がなければまた同じことが繰り返される。繰り返させないためには、王となり力を我がものにすることだ。

たとえそれによって暴君と呼ばれるようなことになろうとも――。

「わかった。王都に戻り新王として即位しよう。直ちに我が下に参じるよう王都にいる家臣たちに申し伝えよ」

2

辺境の地に幽閉されてから十年、アデルはラートランの王となった。

齢《よわい》二十二の若き王だった。

謁見《えつけん》の間を出たアデルは大きくため息をついた。

辺境の地から王都に戻り、新王として即位してから六年が経った。この六年間、アデルは半分以上が焼失してしまった王都を必死で再建し、失われかけた産業や文化、芸術を何とか元の水準近くまで戻してきた。その甲斐あって、人々の暮らしもようやく落ち着きつつある。

再建されたラートランの王都は古い町並みと新しい町並みが混在する空間となったが、それはそれで幻想的で不思議な美しさを持つものとなっている。

ただ、街の再建は進んだものの、王宮の奥にある王族たちの居室は焼け落ちたままだった。

王都に戻ったアデルは、街の再建を最優先させ自らの居室は後回しにした。

家臣たちの中には見た目が悪いので後宮の再建を先にと言う者もいたが、王宮の奥にある後宮など王族以外に見ることがない上、その王族がもうアデル以外に誰もいない。住む人間が不要だと言っているものの再建を優先させる必要がどこにあるのだと、アデルは家臣たちの進言を一蹴《いっしゅう》した。

焼け残った宮殿の数部屋を自らの居室とし、アデルは日々王としての務めを果たしている。多忙な毎日はそれなりに充実しているのだが、唯一アデルを悩ませているものがあった。

執務を終えて私室へと向かうアデルを宰相《さいしょう》のゲルトが追いかけてくる。呼び止める声は聞こえていたが、足を止める気にもならなかった。

「アデル様、どうかお待ちを、アデル様！」

老体に鞭打《むちう》って後を追うゲルトをちらりと振り返り、またため息を零す。

いい加減諦めてくれないかと思う反面、ゲルトの言い分が全く理解できないわけではない。それがわかるからこそ、逃げたくなってしまうのだ。

「お……お待ちを、アデル様っ」

ぜいぜいと息を切らしながら駆け寄ってきたゲルトが蹈鞴《たたら》を踏む。目の前で転びそうになったゲルトにアデルは慌てて手を差し伸べた。

「ゲルト、もう若くはないのだからそのように走っては体にさわるぞ」

「こ……この老体をっ、案じてくださるならっ、す……少しは、私の進言もっ……お耳に……、ゲホッ……ゲホッ……」

「ああ、またそのように咳《せ》き込んで。だから走るなと言っているのだ」

「こ、これが走らずにいられましょうか……っ、ゲホッ……アデル様がエルドランのロベール殿下を追い返されたと聞き……」

やはりそのことかと、アデルはうんざりした面持ちで肩をすくめた。

「求婚者を追い返されたのは、これで、何人目ですかっ……ゴホッ、ゴホッ……」

「今年に入ってからは一……二……三人目か？」

首を傾げながら指折り数えたアデルをゲルトがきっと睨《にら》み上げる。

「五人でございますっ！　もう一つ申し上げればこの六年の間に十九人も追い返されてございますっ！」

「ああ、そんなにいたのか」

そう言ってまた肩をすくめたアデルは、ゲルトの手を取りながら立ち上がった。

「どれもこれも不甲斐ない男ばかりだったぞ。そんなに私とまぐわいたくば己の命をかけてくればよいものを、事が終わった後は己が男根を切り落とすよう言ったら皆逃げ出すのだ」

「アデル様……」

わざと下卑《げび》た言葉を口にしたアデルにゲルトが苦虫を噛みつぶしたような顔をする。

「我がラートランに必要なのはアルファの種だけだ。オメガの私が孕《はら》みさえすればそれでいいのだろうが。子さえ生まれれば相手の男根など不要だ。余計な種をあちこちにまき散らされる前に切り落としてしまえばよかろう。それとも――」

目を細めたアデルが唇を笑みの形に吊り上げる。

「男根ではなく首を望めばよかったか？」

平原で最も美しいと言われるラートランの民だが、王族であるアデルの美貌《びぼう》は別格だった。長く黒い髪に縁取られた白い肌も、そこにはめ込まれた黒い瞳も、朱を刷《は》いたような赤い唇も、神が戯《たわむ》れで作ったのかと思うばかりの美しさだ。笑みを向けられれば、誰もがその虜になるだろう。

だが、妖艶ともいえる笑みを浮かべてアデルは物騒な言葉を口にする。

王都に戻り新王として即位したアデルは、大火に見舞われた王都の混乱に乗じて行われた蛮行《ばんこう》を決して許さなかった。死をもって己が犯した罪を償うこととなった者の数はこの六年で数十人に及ぶ。

罪人を容赦なく断罪し、死を与える美貌の王。アデルが『氷の王』と呼ばれる所以《ゆえん》だ。

その名にふさわしい氷そのもののような笑みを唇に浮かべ、アデルはゲルトに向かって言った。

「エルドランの王子は私の黒髪を褒めてくれた。夜の闇のような美しい髪だそうだ。ならば閨房《けいぼう》でまぐわいながらこの髪で絞め殺してやろうと言ったのだ。きっと心地よくあの世に行けるだろうからな。そうしたら這々《ほうぼう》の体《てい》で逃げ帰ったぞ。ただの冗談なのに全く意気地のない男だ」

「意気地どうこう以前の問題でございますっ！　なぜ毎回そのような……私は……このゲルトはアデル様をそのような方にお育てした覚えはございませんのに……」

諫言《かんげん》の次は泣き落とし。アデルが求婚者を追い返す度に繰り返されるこの茶番にもいい加減うんざりだった。

幼い頃からずっと付き従ってくれているゲルトの忠義には感謝しかない。だが、それとこれとは話が別だ。

「ゲルト、私もいずれは子をもうけなければならないことはわかっている。オメガである私は女性との間に子がなせない。だからいずれかのアルファの種を受け入れて子を産まなければならない。それはわかっている」

「ならば――」

「私が望むのは強い男だ。ラートランを私と共に支えてくれる強い男以外の伴侶はいらぬ。ただオメガの体を貪《むさぼ》りたいだけの心卑《こころいや》しい男とまぐわえと言うのか、おまえは」

「ロベール殿下がそうであったと……？」

「あの男だけではない」

くっと唇を歪め、アデルは言った。

「どいつもこいつもただ私を抱きたいだけだ。ラートランの王族のオメガがどんな風なのか、どんな体をしているのか、女とどう違うのかそれにしか興味がない。あやつらは私の髪を褒める。肌の美しさを褒める。美貌の王と褒めそやす。けれどそれだけだ。我がラートランのことなど何も考えていない。私の肌を貪ることしか考えていないのだぞ」

大火で王都の半分以上が消失したラートランをアデルは何としてでも復興しなければならない。それを共に支えてくれる伴侶を望んでいるというのに、やってくるのは『オメガの王』に興味がある者たちばかりだ。

「私が望む強いアルファならばいつでも抱かれてやる。子も産んでやる。だが、くだらぬ男の種など不要だ。そんな男の子など絶対に産まぬ」

茫然としているゲルトに背を向け、アデルは私室の扉を開けた。

＊＊＊

部屋に入ったアデルは、誰も入ってくるなと命じ王冠を外した。手に持っていた王笏《おうしゃく》も台の上に置く。

金銀の細やかな細工と宝石に飾られたそれらを見る度にうんざりした気持ちになった。

王家に代々伝わってきた王冠と王笏は火災で後宮と共に焼失した。今あるそれはアデルのためにわざわざ新調されたものだった。

身を飾るものなど街の復興の後でいいと伝えたのだが、力強い王の存在は被災した民の心の支えになると言われた。事実、王冠を身につけたアデルがバルコニーに姿を見せると、民は喝采《かっさい》をもって迎えてくれる。けれど、この王冠と王笏を作る金でどれだけの民を救えるのか考えると、どうしても気持ちが沈んでしまうのだ。

王に権威が必要なのはわかっていても、心がそれに追いつかない。

ふっと息をつき、アデルは長椅子に背をもたれさせた。

「疲れた……」

思わずそう呟き、高い天井を仰ぐ。

もう何度この言葉を口にしただろうか。

即位して六年、若く未熟な王と侮《あなど》られないようアデルは己を鎧《よろ》って過ごしてきた。

国を統治する上で時に冷酷な判断を迫られることもある。ともすれば情に流されてしまいそうになる心を必死で殺し、アデルは王としての務めを果たしてきたのだ。

そんなアデルを無情だとなじる者もいる。氷のように冷たい王だと、冷徹な王だと非難する者もいる。所詮《しょせん》はオメガの王よと揶揄《やゆ》する者もいる。むろんアデルの統治を歓迎する民は多数いるが、全ての民に受け入れられるというわけでもない。

それでもアデルは心を殺し、感情を殺し、『氷の王』の仮面を被りながら王として日々の務めをこなした。口調や声音さえ変えて冷徹な王を演じきる。

そうして一日の執務を終え、私室に戻って一人になった時、アデルはようやくその『氷の王』の仮面を外すことができるのだ。けれど、最近はその仮面が仮面でなくなってきている気がしてならない。いったい何が擬態《ぎたい》で何が本当の自分なのかアデル自身わからなくなっていた。

「子を産め……か……」

そう口にした途端、気持ちが萎《な》えた。毎日同じ言葉を繰り返さなければならないゲルトもいい加減嫌になってきていることだろう。

ゲルトに言われるまでもなくわかっていることだった。

自分は唯一生き残ったラートランの王族だ。オメガである以上、血を残すためにアルファの男と体を繋《つな》げなければならない。それが自分に課せられた義務であることは重々承知している。

けれど、アデルとて成人を迎えた男だった。子はなせなくとも男として充分機能するし、女性を愛することもできる。なのに、アデルには同性である男に抱かれて子を産むことしか選択肢がないのだ。

「結局私はただの道具なのだな……」

オメガと蔑まれて幽閉され、王族の血が途絶えそうになれば王都に呼び戻され、今度はその血を残すために男と交わり子を産めと迫られる。自分の人生とはいったい何なのだろうか。

アデルは美しい山々に囲まれ、青い水をたたえた湖のあるこの国が好きだった。ラートランの王族として生まれたことを誇りに思っている。三千年の長い歴史や文化を持ち学問と技術の都と呼ばれるこの国は自分の命そのものだ。これを決して絶やしてはいけない。そのために、自分は好きでもないアルファの男と交わり子を産まなければならないのだ。

そこにアデルの男としての尊厳はない。それ以前に人としての尊厳すらないのだろう。頭では理解できても、心がどうしてもそれに追いつかない。

ふっと息を吐き出し、アデルはテーブルに手を伸ばした。

そこに置いてある箱を開け、きれいに折りたたまれた絹の布を広げる。

美しい刺繡が施されたそれは、十六年前に後宮の庭園で出会った少年から貰《もら》ったものだった。ずっと持っていてくれと少年に言われた通り、アデルはそのストールを大切に手元に置いていた。幽閉が決まった時も、これだけは手放さずに持っていった。王となった今も、心の支えのようにこのストールを持ち続けている。

オメガには運命となる番のアルファが現れるというが、本当にそんな者はいるのだろうか。本当にいるのならば、一刻も早く自分の前に現れてほしい。手を携えこの国を守る力となってほしい。

「あなたが私の運命の番だったらよかったのにな――」

ぽつりと呟き、アデルは目を閉じる。

瞼《まぶた》に浮かんだのは、遠い日に出会った異国の少年の夏空のような青い瞳と、金色の髪だった。

3

熱砂の国イズタールからの使者がラートランにやってきたのは、季節が春から夏に変わろうとする頃だった。

ラートランの南にある荒野を抜け、広い砂漠を越えたところに新興国イズタールがある。建国わずか百年足らずのイズタールは、荒野に眠る豊富な資源と強大な軍事力によってみるみるうちに近隣の小国を併合していった。今や平原で最も勢いのある国とされているが、古くから存在する国々からは所詮成り上がり者の国と軽視されている感が否めない。

アデルもむろんイズタールの存在は知っている。だが、イズタール王イルークの印象があまりにも悪く、イズタールの名を聞いただけで不快な気持ちにさせられた。

学問の都であるラートランの王都にはイズタールの学生ももちろんいたし、技術を学びにやってくる者たちもいる。そういった国交があるにもかかわらず、アデルの即位の際、イズタール王イルークは王族でも貴族でもなく身分の低い家臣を使者として寄越してきたのだ。

どこの国でもオメガへの差別意識はあるが、イルークはそれが特に強い男だった。ラートランの王となったアデルがオメガであることをあからさまに蔑んだイルークは、使者に祝いの親書すら持たせることはなかった。

そんなこんなで、アデルにしてもイズタールに対してあまりいい印象を持っていなかったのだ。

「それで、イズタールの使者は何と言っているのだ」

謁見の間の隣にある執務室でそう尋ねると、ゲルトが書簡を差し出しながら言った。

「イズタールのウィルフリード殿下をぜひともアデル様の伴侶にと――」

言われた途端、アデルは眉根《まゆね》を寄せた。

またか――。

そう言いかけ、テーブルに片肘《かたひじ》をつく。面倒くさげに書簡を開いたアデルは、ざっと目を通すと不快げにそれを文箱に放り込んだ。

「なるほど。イルークは親切にも私に王弟の種を分け与えようと言ってくれているのか。何ともありがたい申し出だな、ゲルト」

アデルの静かな怒りを感じ取ったのだろう、ゲルトが恐々とした様子で頭を下げる。それにため息を一つくれ、アデルは言った。

「その王弟のウィルフリードとやらは強い男か？」

てっきり一蹴されると思っていたのだろう、アデルの問いにゲルトが驚いて顔を上げる。

「今日はその……伴侶などいらぬとおっしゃらないのですか？」

「どうせ会うだけでもと言うつもりなのだろう。ならば言うだけ無駄だ。それで、そのウィルフリードとはどういう男だ」

続きを促すと、ゲルトが大仰に頷《うなず》いた。

「イズタール王イルーク陛下の弟君で、先代のイズタール王の第六王子でございます」

「第六王子？　先のイズタール王は随分と子だくさんなのだな」

アデルの問いに、ゲルトはやや困惑した様子で話を続けた。

「その……先のイズタール王ムスタフ陛下にはお子様がたくさんおられまして……王子だけでも十二人、王女を含めると二、三十人近くお子様がいらっしゃるとか……」

「二、三十人？　呆《あき》れた性豪《せいごう》だな。それだけ子がいて死後によく国が荒れなかったものだ」

「実際にムスタフ陛下の逝去後は内紛があったようです。結局第一王子のイルーク様が王位を継がれましたが、その際にかなりの血が流れたとか……」

国を継ぐ者の数が多ければ多いほど血は流れる。それはラートランとて同じだ。だからといって子が一人しかいなければ万が一の場合に血が絶える。その万に一つが実際に起き、弟エルスはアデルの代わりに王太子となったのだ。

「それで、イズタールは大勢いる王子の行き場に困って一人を私に押しつけようという算段か」

しかも第六王子という王位継承権から遠く離れた外れくじを——。

「第六王子ではございますが、ウィルフリード殿下は現イズタール王の腹違いの弟君で、イルーク陛下にアルファのお子様がいらっしゃらない今は王位継承権第一位のお方です。個人的に金獅子軍という軍勢を率いていらっしゃいまして、何でもイズタール一の強さを誇る軍だとか——」

「ほう……私兵を率いる王子か。なるほど、いかにも盗賊の国らしい」

「アデル様……またそのような……」

「まあいい。首を刎《は》ねられてでも私を抱きたいというならいつでも来るがいい。ラートラン王アデルはイズタールの王子を歓迎すると言っておけ」

アデルの辛辣《しんらつ》な言葉をどう飾って使者に伝えたのか、それから一月《ひとつき》も経たずしてイズタールから本当にウィルフリードがやってきた。

王都の真正面に大きな湖があるため、ラートランに入国するにはそこをぐるりと迂回《うかい》するか湖を船で渡ってやってくるしか方法がない。その湖を囲む街道に突如として黒衣の軍勢が現れ、王都が騒然となった。

どこかの国が攻めてきたのかと混乱になりかけたが、そうではなかった。

整然と隊列を組み、開門を求めてきたのはイズタールの第六王子ウィルフリードとその彼が率いる金獅子軍だった。

総勢で三千騎ほどの黒衣の軍勢は、一切隊列を乱すことなく城門を抜けて王都へと入っていく。最初こそ戸惑っていた王都の民だったが、めったに見ることのない他国の軍勢はやはり珍しいのだろう。それが自分たちに害を為さないと知るやいなや、多くの人々が見物のために通りに集まった。

「随分と物々しい来訪の仕方をしてくれるものだな、我が求婚者は。ラートランに戦でも仕掛けるつもりか」

王宮の前庭に並ぶ黒衣の軍勢をバルコニーから眺めていたアデルは、皮肉交じりにそう呟いた。イズタールの王子をアデルに娶《めあわ》せようとしたゲルトもさすがにこれには驚いたのだろう、口を噤んで下を向いている。

「他国の王都に私兵を入れるなど、さすがは盗賊の国の王子というだけのことはある。その厚顔な面構えをとくと見させて貰おうか」

今まで以上に手酷く追い返してやる。心の中でそう呟き、アデルは漆黒の軍勢に背を向けた。

＊＊＊

ラートランにおいて他国の使者を迎える際は、それぞれに応じた格式でもてなすことになっている。単なる使者なのか、それとも王族等の国賓に値するのか、それによって対応も違ってくる。

今回アデルはウィルフリードを国賓として扱い、最も格式高い衣装を身に纏って謁見の間に向かった。

王冠を身につけ、王笏を手に謁見の間に入ろうとしたアデルは、ふと扉の前で立ち止まった。

部屋に入ろうとした途端、なぜか足がすくんだ。

そこはいつもと何ひとつ変わりない。なのに、得体の知れない恐怖を感じて足が前に進まないのだ。謁見の間に続く大きな扉を見つめ、アデルは眉根を寄せた。

そこに何かがいる。今まで触れたことのない何か。とてつもなく大きく、自分を呑み込んでしまう何かが――。

「アデル様？　どうかなさいましたか？」

唐突に立ち止まったアデルを訝《いぶか》ったゲルトが首を傾げている。それに何でもないと答え、アデルは謁見の間に足を踏み入れた。

重臣たちが左右に並ぶ中、アデルは玉座に腰を下ろした。

玉座の正面に膝《ひざ》をついて控えている男がいる。

イズタール独特の軍服のような漆黒の甲冑を身に纏い、色あせた黄金色の髪を無造作に束ねたその男をアデルはちらりと見やった。

大きな男だと率直に思った。イズタールの民は大柄だと聞いているが、こうして座っていても男がかなり長身の部類だろうことは見て取れる。

まるで獅子のような男だ――。

男が率いる金獅子軍の軍旗は黒地に金の獅子が刺繍されている。男はその軍旗そのもののようだった。

それにしても、先ほどから感じる妙な圧迫感はいったい何なのだろうか。ただ控えているだけだというのに男が今にも襲いかかってくるような錯覚に苛まれる。この男の姿を見れば見るほどそれが強くなり、アデルは思わずごくりと喉を鳴らした。

口の中がカラカラに乾いている。今まで何度も他国の王族たちや使者を迎えてきたが、ここまで緊張したのは初めてだった。

ふっと詰めていた息を吐き、アデルはおもむろに口を開いた。

「ウィルフリード殿、遠方よりはるばるよくお越しになられた。面《おもて》を上げられよ」

震えてしまいそうになる声を必死で堪《こら》えつつそう口にすると、男が――ウィルフリードがゆっくりと顔を上げた。

「ラートラン王アデル陛下には初めてお目にかかります。イズタールが第六王子ウィルフリードにございます」

飛び込んできたのは空のような青い瞳だった。吸い込まれてしまいそうな鮮やかな青い瞳を目にした途端、鼓動が一気に高鳴る。

まるで雷《かみなり》に打たれてしまったかのように体が硬直した。何かを言わなければと思ったが、言葉が何も出てこない。

無言の間がいたたまれず必死で言葉を探していると、顔を上げたウィルフリードがふと眉間に皺を寄せた。間違いでも探しているかのように無遠慮にアデルを眺め、小首を傾げる。

「……あなたがラートラン王アデル陛下？」

いきなりそんな風に尋ねられ面食らった。

「いかにも。私がアデルだが――」

それがどうかしたのか。そう言わんばかりに眉を顰《ひそ》めると、ウィルフリードがいきなり大きなため息をついた。

「オメガだというからもっと女っぽいのかと思っていたのに、どう見ても男じゃないか」

無礼極まりない台詞《せりふ》と言葉遣いに、双方の家臣たちがざわつく。だが、それに全くかまうことなくウィルフリードは言葉を続けた。

「とはいえ、美人は美人だ。さすがラートランは平原諸国一の美男美女の国と言われるだけのことはある」

そう言ってにっと人を食ったような笑みを浮かべ、ウィルフリードはアデルに向かって深々と頭を下げた。

「改めまして。イズタール王が弟ウィルフリード・ヴァン・ムスタフにございます。アデル陛下

「機嫌麗しゅう……いや、陛下におかれましてはご機嫌麗《うるわ》しく――」


におかれましてはご機嫌麗《うるわ》しく――」

「機嫌ならたった今麗しくなくなったぞ」

畳みかけるようなアデルの言葉に驚いたのか、ウィルフリードが驚愕の眼差しを向けてくる。

それはラートランとイズタールの家臣たちも同様だった。アデルの冷ややかな言葉を耳にした瞬間、皆がその場に凍り付いている。

「私の見た目が男であなたに何か迷惑でもかけたのか。オメガとはいえ私も男子であることに違いはない。私の外見がご不満ならば即刻国に帰ればよかろう」

そのまま立ち上がって退出しようとすると、顔を青くしたゲルトが慌てて引き留めに入る。だが、そんなゲルトの取りなしをぶち壊すかのようにウィルフリードが肩をすくめて口角を上げた。

「さすが『氷の王』と言われるだけのことはある。いきなり喧嘩腰《けんかごし》とは参ったね」

「何だと……」

ウィルフリードの言葉に、アデルはますます柳眉《りゅうび》を吊り上げた。

「喧嘩を売ったのはそちらではないのか。だいたいその無礼な口のきき方は何だ。イズタールでは他国の王に向かってそのような口のきき方をするのが礼儀なのか」

「ああ、無礼な物言いなのは詫《わ》びる。ただ、あなたが思ってた以上にでかくて男っぽかったもんだからちょっとびっくりしたんだ。俺が知っているオメガはもっと華奢《きやしや》で小柄だったんで、あなたもてっきりそうだと思っていたんだが――」

「黙れ、無礼者。私をオメガと嘲《あざけ》るのか」

しかも物言いを詫びると言いながらちっとも言葉遣いが改まっていない。

冷静に話しつつも怒りで手が震えていた。その場に居並ぶ家臣たちも、珍しく人前で感情を顕わにしたアデルの様子におろおろとうろたえている。

イズタールの家臣たちもまた同様だった。頼むから黙ってくれと言わんばかりにウィルフリードの袖《そで》を引っ張っているが、当の本人はそれに全く気づいている様子がない。それどころか、ウィルフリードは先ほど以上に人懐こい笑みをアデルに向けた。

「すまない。そういうつもりじゃなかった。ああ、えっと、アデル陛下。あなたがあまりにも美しい方だったもので、こんな人が俺を伴侶に望んでくれているのかと思うと嬉しくて言葉がうまく出ないというか……とにかく、お目にかかれて光栄ですという話で――」

「私はちっとも光栄ではない」

またもや冷ややかな言葉を浴びせかけ、アデルはウィルフリードを睨みつけた。

我慢も限界だった。

イズタールの王子か何か知らないが、この無礼極まりない男をどうして伴侶にしなければならないのだ。これならば先日追い返したエルドランの王子の方が数百倍もましだった。軟弱な優《やさ》男《おとこ》ではあったが、少なくともあの軟弱男は一国の王であるアデルに対してぞんざいな物言いをすることはなかった。

王笏を投げつけたい気持ちを必死で抑えていると、何を思ったか、ウィルフリードが困ったような顔で肩をすくめた。

「そんなに怒らなくてもいいんじゃないのか。あんたはアルファの種が必要なんだろう？　あんたを孕ませるために俺は呼ばれたと思ってたんだが違うのか？」

「あ……『あんた』だと？　わ……私を孕ませるだと……」

あからさまな言葉を口にされ、怒りと羞恥《しゅうち》でかっと顔が赤くなった。

「ああ。あんたは国のために子を産まなければいけない。だから強いアルファを探してると聞いた。番になるならお互い腹を割って話をしないといけないわけだし、言葉を飾っても仕方ないだろう」

「す……少しくらいは言葉を飾ったらどうだ！　むしろおまえの場合は飾り立てても足りないくらいだ！」

とうとう他国の王子を『おまえ』と罵《ののし》ったアデルに、ゲルトが頭を抱え込む。

「言葉を飾れ？　あんたは美辞麗句で飾り立てた建前ばかりの言葉を信じるのか？」

言われて一瞬言葉に詰まった。ウィルフリードの言うことは確かに正論だった。ラートランがオメガの王を身ごもらせるためにアルファの種を求めていることは事実だし、そのために言葉を飾っていても仕方がない。

けれど、それとこれとは話が別だとアデルは思った。王族同士で話をするにあたり、まずは最低限の礼儀というものがあるだろう。

子どもじみた言い争いをする互いの王と王子を、家臣たちがはらはらした面持ちで見守っている。ゲルトなどは今にも卒倒してしまいそうな顔をしていたが、それでも言わずにはいられなかった。

「ウィルフリード殿、確かに私は伴侶を求めているが、礼儀もわきまえぬ蛮人を番にするつもりはない。私を望むのならばまずはその無礼極まりない口のきき方を改めるところから始められよ。話はそれからだ！」

玉座を蹴り倒したい気持ちを必死で堪え、アデルは謁見の間を出た。後ろからゲルトが追いかけてきたが、今回ばかりは足を止める気にもならない。

無言のまま執務室の奥にある私室へと入ったアデルは、よたよたと走ってくるゲルトをじろりと睨みつけた。

「あれはどういうことだ、ゲルト」

アデルの氷のような口調にゲルトが首をすくめる。

「いったい何なのだ、あの厚顔無恥《こうがんむち》な野蛮人は。おまえは私にあの盗賊まがいの無礼者の子を孕めというのか」

思わず頭を飾る王冠を毟《むし》り取る。勢いでそれを床に投げつけそうになったが、繊細な飾りが壊れてしまうかもしれないと思い、投げるのは諦めてテーブルの上に置いた。

「冗談ではないぞ。あんな男とまぐわうなど、私は絶対に嫌だからな」

「アデル様……お気持ちはわかりますが、イズタールは新興国とはいえ豊かな国です。海を有しておりますし、交易も盛んです。何より、資源が豊富です。かの国との結びつきがあれば我がラートランの行く末も安泰かと――」

「そのために私はあの野蛮人に抱かれなければならないのか？　あのふざけた男に身を差し出して子を産めと言うのか、おまえは」

「アデル様……おわかりかと思いますが我がラートランは瀕死《ひんし》の状態です。大火で王都も焼け、民も以前の半分になっております。王都の再建で国庫は逼迫《ひっぱく》しており、主立った産業もまだ完全には回復しておりません。その上、王族はもはやアデル様お一人。このままでは我が国は近いうちに消滅してしまいます」

　古い歴史を持つとはいえ、ラートランは街が焼け民の数も激減し、衰退の一途を辿っている。勢いある国と縁を結びたいと願うのは仕方のないことだろう。王族として生まれたからには、私人としての幸福など二の次だということもわかっている。けれど――。

「いずれかの国の王子を伴侶とし、子を産むのが私の一番の務めだということはわかっている。だが、あの男は嫌だ」

「あのお方が無礼だからですか？」

「何もかもだ！」

思わず叫び、アデルはぷいっとゲルトから顔を背けた。

子どもじみたわがままだと自分でもわかっている。けれど、どうしてもこれだけは譲ることができない。

無礼極まりない口のきき方はもちろん、態度も最悪だった。何よりアデルを悚然《しょうぜん》とさせたのは、ウィルフリードの大きな体軀と低い声だった。アデルにはない『牡《おす》』そのものの匂いをウィルフリードに感じ、恐怖にも似た気持ちにさせられたのだ。

いや、正確には恐怖ではない。むろん嫌悪感とも違っていた。

それらとは違う『何か』をウィルフリードに感じ、その『何か』が何であるのかわからないのがまたアデルを困惑させていた。

「とにかくあの男は嫌だ」

「アデル様……そう子どものように駄々《だだ》をこねられてはゲルトは困り果ててしまいます。もう一度ウィルフリード殿下とゆっくりお話などなされて――」

「断る」

「アデル様……」

「もういい、下がれ。今は誰の顔も見たくない。私室には誰も近づけるな」

これ以上何も話すことはないとばかりに背を向けたアデルに、ゲルトが長いため息を零して部屋を後にする。

扉が閉まる音を背後に聞きながら、アデルは眉根を寄せた。

ため息をつきたいのはこちらの方だと毒づき、長椅子に体を預ける。

「あの礼儀知らずの野蛮人め……」

ウィルフリードの枯れ草色の髪と青い目を思い出しただけでふつふつと怒りが沸き出した。

イズタールが建国百年にも満たない新興国であることは知っている。文化もしきたりもラートランとは違うだろうこともわかっている。だが、あの男の無礼さはそれ以前の問題だった。

「何が美人だ。あいつは私を何だと思っているのだ」

確かにラートランの民は男も女も皆美しく、王族のアデルも例外ではない。ラートランの民特有の黒い髪と黒い瞳、そして白い肌は、求婚者の誰もが褒めそやした。むろん褒められるのは嬉しいが、見た目の美醜を褒められる度にアデルは嫌な気持ちに苛まれた。

容姿を褒める男たちから、オメガであるアデルを女の代わりに愛《め》でようとしている魂胆《こんたん》が透けて見えるのだ。

成人男子として彼らと何ら変わらないというのに、彼らはアデルを同列に扱わない。オメガだというだけで愛玩《あいがん》動物のように膝に抱き、頭を撫《な》でて愛でようとする。

それは女たちも同じだった。オメガであるアデルを女たちは特別な目で見る。オメガは果たして女と営みができるのか、他の男と同じように機能するのか、そればかりを気にかける。

そういった目で見られることに苛立《いらだ》ちが募り、アデルは人を遠ざけるようになった。

誰も近づくなとばかりにあえて冷徹な王としての仮面を被ることにしたのだ。

ラートランの民は王がオメガであってもあまり気にもしていないようだった。争いがなく、平和に暮らせる国であれば、王がオメガだろうがアルファだろうが民は知ったことではないのだろう。

『氷の王』とあだ名されるオメガの王をラートランの民は受け入れている。けれど、家臣や他国の者たちはそうではなかった。

今やどの国の王子がラートラン王アデルの番となるか、それしか頭にない。

先の大火でラートランにはもうアルファがおらず、王族はオメガであるアデル一人きりだ。そのアデルを孕ませれば歴史あるラートランが戦わずして手に入るのだから、どの国も必死になるだろう。

手土産を片手にやってくる各国の王子たちをアデルはこれまで手酷く追い返してきた。

共にこの国を支える気など端からない、ラートランを奪うこととオメガの王の体を貪ることにしか興味がない輩《やから》など、アデルにとってただの塵屑《ごみくず》だ。どうしてそんな輩に体を自由にさせてやらなければならないのだ。

あげくに今回やってきたのは、その塵屑以下の男ときている。

「あの男……絶対に追い返してやるぞ……」

ゲルトが何と言おうと知ったことではない。イズタールの王位継承権第一位だろうが関係ない。

あんな野蛮人と肌を合わせるなど、想像しただけでも身の毛がよだつ。

謁見の間に入ろうとした時に足がすくんだのは、きっとそれを本能的に感じ取ったからに違いない。あの向こうにラートランを食おうとする魔物がいると、アデルの本能が叫んだのだろう。

ふいにぞくっと背に震えが走り、アデルは自身の体を抱き締めた。

腹の奥がしくしくと疼くこの覚えのある感覚に、思わず眉間に皺を寄せる。

「まさか……発情期か……？」

アデルの発情は薬によって抑えている。突如としてやってくる発情期を制御するため、毎日欠かさず強力な薬を飲んでいるのだ。

それでも年に数回は発情に見舞われる。数日で終わるとはいえ、その間の苦しさは尋常ではなかった。

激しい劣情に苛まれ、気が触れてしまうのではないかというほど体が疼く。どれだけ自慰を繰り返そうとも発情の熱は治まらず、泣き叫びながら自分で自分を慰める夜が続くのだ。

アルファの精を求めて乱れる浅ましい姿を晒《さら》すわけにもいかず、発情期の間は私室の一番奥の部屋に籠もることにしていた。

その発情期の始まりに似た感覚に襲われ、アデルは困惑した。

前の発情期からそう日は経っていない。なのにこの体の疼きはいったい何なのだろうか。

じわりと首をもたげようとする自らの性器をうんざりと見下ろし、アデルは寝台に向かった。

薄い布で覆われたそこに身を投げ出して枕《まくら》に顔を埋める。下腹部に手を伸ばしかけ、駄目だと自分を戒《いまし》めて枕をぎゅっと摑《つか》んだ。

男を――アルファを求めて疼くこの体が呪わしかった。

愛もなく、ただ子を産むためだけに同性に抱かれなければならないなど、いったい何の拷問だと思う。なのに発情期はアデルの意思など関係なく無情にやってくる。アルファの精を求めて狂わんばかりにこの体が熱く滾《たぎ》るのだ。

オメガの身を呪ったところで仕方のないことだが、どうして自分なのだと思わずにはいられなかった。ただ、もしアデルがオメガではなくアルファで、順当に立太子の宣言をしていたならば今ここに王として立っていなかっただろう。

あの大火で炎に巻かれて命を落とし、王族が死に絶えたラートランは今頃近隣のいずれかの国に併合されていたに違いない。

「これもまた運命か――」

ぽつりと呟きアデルは寝返りを打った。

いずれ腹を割って話さなければならない――。

ふいにウィルフリードの言葉を思い出し、思わず舌打ちをした。

あの男の腹が立つところは、口は悪いが言っていることは正しいということだ。

ウィルフリードの言う通り、アデルには言葉を飾り立てて腹の探り合いをしている余裕などもうない。子を宿せるオメガとはいえ、アデルとてそろそろ若いとは言い難い年齢になっている。どうせ子を産まなければならないのなら、早ければ早いほどいいだろう。のんびり構えていると、いずれ老いて子を宿せなくなってしまう。その瞬間、ラートランの血脈は途絶えることになる。

それもあってゲルトを筆頭に家臣たちが躍起になってアデルの伴侶となるアルファを探しているのだが、どれもこれもアデルからすれば軟弱な塵屑以外の何ものでもないのだ。

その塵屑に正論を吐かれ、腹が立った。

日に焼けた肌に黒い甲冑を身に纏った獅子のような男の顔が脳裏に浮かび、アデルは眉根を寄せる。

ウィルフリードの青い瞳は昔出会ったあの少年と同じ色をしていた。どちらも空を映したような鮮やかな青だというのに、髪の色や肌の色が違うだけでこうも違って見えるのかと驚きもする。

いっそあの少年が本当に運命の番であればよかったとアデルは思った。

アデルの体に淫紋が浮かび上がったのはあの少年に出会った夜だ。もしかすると、運命の番に出会ってしまったことでアデルに流れるオメガの血が反応してしまったのかもしれない。

「もしもあなたがそうなのなら、早く私を迎えに来てくれ……私があの野獣に食われてしまう前に……」

思わずそう呟きアデルは寝台に突っ伏す。

それが叶わぬ思いだとわかっていても、願わずにはいられなかった。

4

アデルの求婚者としてやってきたウィルフリードは国賓として迎えられ、その夜は華やかな宴が開かれた。

対面の際に一悶着《ひともんちゃく》あったものの、アデルとて子どもではない。王としてその場に姿を見せ、ウィルフリードとイズタールの使者たちをもてなした。

宴の場に現れたウィルフリードは、昼間とは全く別人のようだった。

甲冑を脱ぎ、自国の民族衣装を身に纏って現れたウィルフリードの姿に宴に招待されていた者たちから感嘆の声が上がった。しかも昼間の傍若無人《ぼうじゃくぶじん》さはいったい何だったのか、ウィルフリードの立ち居振る舞いは王族として完璧だったのだ。

これにはさすがにアデルも驚き、ぐうの音も出なかった。人当たりのよい笑みを浮かべ、招待客たちと歓談するウィルフリードに軽い嫉妬すら覚える。

「できるのなら最初からそうしていればいいものを……」

異国情緒たっぷりの偉丈夫《いじょうぶ》を眺めつつげんなりとぼやいたアデルは、皆に楽しむよう伝え早々に場を辞した。

王の私室としては質素な部屋に戻り、飾りを外して結わえていた髪をほどく。軽く湯を浴びたアデルは、ゆるやかな寝衣に着替えると大きな長椅子に横になった。

十年の幽閉生活のせいなのか、今でも華やかな場所が苦手だった。王ともなればそうも言っておられず仕方なく顔を出すものの、できるだけ早く退散することにしている。

招待された者たちも、難しい顔をした王がいつまでもそこにいると楽しめるものも楽しめなくなってしまうだろう。

あとは自由に楽しんでくれ——。

宴の度に皆にそう言って早々に場を辞しているのだ。

アデルは人との交わりを好まない。皆はそう思っている。大勢で賑やかに過ごすより一人で静かに過ごす方を好むのだと——。

だから、今夜もいつもと同じだと皆は思っているのだろう。

けれど、それがいつもと違う夜であることをアデルは知っていた。

普段よりもしっかりと整えられた寝台にちらりと目をやり、アデルはため息をついた。

薄い布で覆われた寝台の四隅に甘い香りを放つ花が生けられている。すぐ脇の小さな台に置かれている小瓶も特別な夜にしか置かれない。それは、オメガの体が男を受け入れやすくするための液体が入っているものだった。

今宵、ウィルフリードがこの部屋にやってくる。

美しく整えられたこの寝台でアデルの体を貪るために、あの男がやってくるのだ。

ぞくりと背が震え、アデルは寝台から目をそらした。

今まで何人もの男たちがこの部屋にやってきた。けれど、誰一人としてアデルの肌に触れた者はいない。全員が朝を待つことなくアデルによって部屋から叩《たた》き出されている。

そういえば、ゲルトはアデルが叩き出した求婚者の数はエルドランの王子で十九人目だと言っていた。ウィルフリードはアデルが即位してから二十番目の求婚者ということだ。

二十番目になろうが百番目になろうが、アデルは自分が認めた男以外にこの体を抱かせるつもりはなかった。それはあのウィルフリードも例外ではない。

「あの男を二十人目にしてやるぞ――」

呟くと同時に扉がゆっくりと開いた。

部屋の空気が揺れたのか、寝台を覆う薄布がふわりと舞う。

見えたのは大きな影だった。寝衣の上から黒い長物の上着を羽織ったウィルフリードにちらりと目を向け、アデルは唇を歪めた。

「さっそく夜這いに来たか、盗賊」

「盗賊とは随分な言われようだな。まあ、夜這いに来たのは間違いないが」

宴の時に見せた見事な立ち居振る舞いが夢だったのかと思うような乱暴な口ぶりでそう言い、ウィルフリードが部屋に足を踏み入れた。扉が小さな音を立てて閉まり、寝台にかけられた薄布の揺れが止まる。

「誰が入っていいと言った」

「入らなきゃあんたを抱けないだろう」

「誰が抱かれてやると言った。私はおまえなど呼んでいない」

ぷいっと顔を背けると、ウィルフリードがあからさまにため息をついた。

「つれない姫だな。ラートランに王位継承者が必要だというからわざわざこんな辺境の山奥まで来たんだぞ」

「黙れ、下郎《げろう》。私を女扱いするな。それと、その無礼な口を閉じろ。閉じられないなら二度と開かぬよう煮えたぎった鉄で焼き閉ざしてやるぞ」

「どうせ焼くならラートラン産の鉄にしてくれ。そいつなら歓迎だ」

言われて思わず眉を顰めた。

ラートランの西方には巨大な鉱山があり、良質の鉄鉱石が採れる。それに加えて製鉄の技術は平原一を誇り、ラートラン製の鉄は武器製造には欠かせないものになっている。

「ラートランの鉄と製鉄の技術はぜひとも欲しい。そのために口を焼きつぶされるくらいどうってことはない」

笑みを浮かべてウィルフリードが近づいてくる。距離が縮まるごとにえもいわれぬ恐怖感に苛まれ、アデルはとっさに長椅子から立ち上がった。

対面の時にも思ったが、ウィルフリードの大きな体軀にはやはり恐怖を感じた。

背はアデルとさほど変わらないのに、体の厚みが全く違っている。隆起した胸や腕の筋肉も、筋張った大きな手足も、アデルのそれとは似ても似つかない。薄物の寝衣から透けて見える見事な体は、今までの求婚者たちとは明らかに違っていた。

この男は野生の獣《けもの》だ――。

そう思った途端、恐怖心に囚《とら》われた。

この男には今までのような理屈が通じそうにない。このままでは圧倒的な力に屈服させられてしまいそうだった。

「お……おまえたちは……イズタールは我がラートトランの鉄と製鉄技術が欲しいだけだろうが。そのためにラートトランも他の小国と同じように併合してイズタールの一部にしようとしている。違うか？」

じりじりと後ずさりをするアデルに、ウィルフリードがゆっくりと近づいてくる。一歩逃げれば二歩近づかれ、気がつけば部屋の一番奥の壁まで追い詰められていた。

「そうだな。ラートトランの鉄や技術は喉から手が出るほど欲しい。でも、俺はもっと欲しいものができた」

「もっと欲しいもの……？」

繰り返したアデルにウィルフリードが「ああ」と笑みを向けてくる。

「欲しいのはあんただ。ラートトラン王アデル陛下、俺はあんたが欲しい」

やはりこの男は獣だとアデルは確信した。獰猛《どうもう》な笑みを浮かべる様子は、獲物を食わんとしている獅子そのものだ。そして、この男の獲物は紛れもなく自分なのだ。

とっさに逃げようとしたが足がすくんで体が動かなかった。手を強く引かれ、腕の中に抱き込まれてようやく声が出た。

「は……放せっ！　無礼者！　ぶれ……」

突然唇に柔らかなものが当たり、アデルは目を見開いた。

口づけられたのだと思った直後に、口腔に舌が入り込んでくる。生き物のようなそれに口蓋を撫でられ全身が総毛立った。

「ん……ぅ……うっ――」

それはアデルが想像していた口づけとは全く違っていた。獲物を貪るような激しさにどう応じていいのかわからない。ウィルフリードが唇を食《は》む度に唾液が絡まる湿った音が耳に届き、体がどんどん熱くなっていく。

「う……ぅ……、んっ……ふ……」

舌先で歯列を撫でられ、腰が砕けそうになった。再び口蓋を舌で撫で上げられ、くすぐったさが一気に快感へと変わる。膝が崩れ落ちそうになり、アデルはとっさにウィルフリードの寝衣を摑んだ。

「あ……ふ……」

息苦しくて頭がくらくらする。不本意ながらすがりつくような形になってしまったのだが、それをどう受け取ったのかウィルフリードがそのまま腰を引き寄せてきた。

薄い寝衣を通してウィルフリードの体温が肌に伝わってくる。汗が混じったような甘い香りが鼻腔を抜け、鼓動が一気に高鳴った。今まで感じたことのない欲望が湧き出し、それがアデルの体をいっそう熱く滾らせる。

「や……め……、う……ぅ……ん……」

またもや舌を搦《から》め捕られて背が震えた。体の芯が熱を持ったように疼き、性器がじわりと硬くなっていく。

おそらくアデルの体の変化に気づいたのだろう、ウィルフリードがより強く腰を抱いてきた。硬くなってしまったアデルの性器にウィルフリードのそれが当たる。牡の楔《くさび》の硬さが性器に伝わり、腰が跳ねた。

「い……や……、あ……ふ……」

拒絶の言葉とは裏腹に、体を密着させればさせるほど互いの昂《たか》ぶりが硬くなって布越しに触れ合う。そこからたまらない快感が湧き出し、アデルは喉をのけぞらせた。

「あ……ぁ……、ふ……ぅ……ん……、んっ……ぅ……」

聞こえてきたのは自分のものとは思えない淫らな声だった。

自分の甘い声に唾液が絡まる湿った音が交じり、激しい羞恥心に苛まれる。何とか口づけと抱《ほう》擁《よう》から逃れようと、アデルは必死で身を捩《よじ》った。

こんな風に誰かに触れられたのは初めてだった。むろん口づけられたのも初めてだ。

「や……め……、はな……せ……」

どれだけ身を捩ろうとも、太い腕に抱き込まれて身動きが取れない。それどころか、ウィルフリードはいっそう深く唇を覆ってくる。

体を包み込む甘い法悦にアデルは恐怖した。

自分に流れるオメガの血が目の前のアルファを求めて滾り始めている。

この男を受け入れ、子を孕めと叫んでいる。

堕《お》ちる——。

アデルが崩れ落ちる一歩手前で、ウィルフリードの濃厚な口づけは終わりを告げた。

傍若無人に口腔を蹂躙《じゅうりん》していた唇が軽く音を立てて離れていく。茫然としているアデルに笑みを向けたウィルフリードは、目元の小さなほくろにそっと指を滑らせた。

「艶っぽい泣きぼくろだな。これを涙で濡らしてみたく——って……いってぇ！」

最後まで言わせることなくアデルはウィルフリードの横面を殴りつけた。それだけでは気が収まらず、長椅子の側に置いてある剣を抜いて切っ先をウィルフリードに向ける。

「うわっ、ちょっ……それ、危ないっ、危ないって！」

「ふ……ふざけるのも大概にしろ、盗賊！　誰がおまえに抱かれてやると言った！」

いきなり顔面を殴りつけられた上に切っ先を向けられたウィルフリードが、茫然とした面持ちで頬《ほほ》を押さえている。それに一切かまうことなく、アデルは剣を手にしたまま扉に向かって叫んだ。

「誰か！　誰かおらぬか！」

叫んだ瞬間扉が開き、槍《やり》を携えた兵士が駆け込んでくる。

「陛下、いかがなさいましたか！」

「狼藉者《ろうぜきもの》だ。捕らえよ！」

捕らえよと言われ、兵たちが互いに顔を見合わせた。

「ですが……」

捕らえるのはやぶさかではないが、相手は間違いなくイズタールからやってきた国賓で、しかも自国の王の求婚者だ。イズタールの王子に縄《なわ》をかけてもいいものか迷う兵士に、アデルは「かまわないからやれ」と命じた。

王に命じられては逆らうわけにもいかず、兵たちが渋々といった体でウィルフリードを取り囲む。

「えっ……？　ちょっと……本気かっ？」

まさか本当に槍先を向けられると思っていなかったのか、ウィルフリードが顔色を変えてアデルを振り返った。

「アデル、冗談だろうっ！　兵士を止めてくれっ」

焦《あせ》るウィルフリードに一瞥《いちべつ》をくれ、アデルは言った。

「私を軽々しく呼び捨てにするな。一晩牢《ろう》に入って頭を冷やしてくるがいい！」

「牢って……おい、嘘だろっ！　何考えて――」

「その馬鹿をとっとと連れていけ」

「嘘っ、嘘だろっ！　ええっ――！」

ウィルフリードが縄を打たれて部屋から引きずり出されていく。

少しずつ遠ざかっていくウィルフリードの叫び声を聞きながら、アデルは寝所の扉を勢いよく閉めた。

5

翌朝、アデルが寝所から出てくると、珍しくゲルトが私室にいた。

おそらく昨夜の一件の小言を言うために待ち構えていたのだろう。朝から苦虫を嚙みつぶしたような顔をしている。

「アデル様……昨夜の――」

「ああ、言われずともわかっている。ウィルフリード殿に少し灸《きゅう》を据《す》えた。頭も冷えただろうから牢から出してやるといい」

そう言ったアデルに、ゲルトが眉間に深い皺を刻ませる。あまり見たことのないゲルトの様子に、アデルは何やら胸騒ぎがした。

ゲルトは幽閉されたアデルを親代わりのように育ててくれた。侍従として、今は宰相としてアデルが最も頼りにしている家臣だ。温厚で、激高することもなく、他の重臣たちの信任も厚い。アデルのわがままにも根気よく付き合ってくれるそのゲルトが、怒りを顕わにして唇を震わせている。

「どうかしたのか、ゲルト。何かあったのか?」

不安に駆られながら尋ねると、ゲルトが重いため息を零した。

「昨夜ウィルフリード殿下を投獄せよと命じたのはアデル様ですか」

「ああ。あの礼儀知らずの野蛮人が私に暴挙を働こうとした。だから警護の兵に捕らえさせた。反省しているだろうからそろそろ牢から出してやろうと思っていたのだが――」

「さようでございますか。その警護の兵二人が今日の正午に斬首《ざんしゅ》されることになりました」

言われた瞬間に血の気が引いた。

「斬首……だと……?」

一瞬聞き違えたかと思ったが、ゲルトは間違いなく斬首と口にした。

「警護の兵が斬首とはどういうことだ! 私はそんなことを命じていない!」

とっさに叫ぶと、ゲルトがますます眉間の皺を深くする。

「ウィルフリード殿下に対する不敬罪です。彼らは殿下に怪我を負わせて投獄してしまいました。これを我らが放置してはイズタールも面目が立ちますまい」

「違う！　あやつを殴りつけたのも牢に入れろと命じたのも私だ！　警護の兵はそれに従ったまで。彼らに罪はない！」

「ええ、むろん彼らに罪はありません。ですが、アデル様がそれをお命じになったことにはできないのです」

「できない……？」

どういうことだと問い詰めたアデルに、ゲルトが神妙な面持ちで口を開いた。

「ご自身が何をなされたのか、まだお気づきになりませんか」

「あ……」

言われてようやく気がついた。

アデルがイズタールの王族であるウィルフリードを投獄したなどと絶対に公《おおやけ》にできないことだった。もしもイズタール本国にいるイルークに知られてしまえば、それを口実にイルークはラートランに侵攻してくるだろう。

イズタールの軍事力はラートランの数十倍といわれている。一度に十万、二十万の兵を動かす巨大な国に攻め込まれれば、ラートランなどひとたまりもない。しかも、非はイズタールの王弟を投獄したラートラン側にあり、これには近隣諸国もイズタールの侵攻に口を挟むことができないだろう。

政治の何たるかを学べとゲルトは以前から口を酸っぱくして言っていた。

他国に弱みなど見せるわけにはいかない。ましてや借りを作るなど言語道断なのだと――。

なのにアデルはイズタールに付け入る口実を与えてしまった。

国賓であるウィルフリードを兵士が誤って投獄した。その兵士はラートラン王アデルの命により処分された。そういうことにしなければ、ラートランはイズタールに借りを作ることになる。

「ゲ……ゲルト……私は……」

「おわかりなったのでしたら結構。そういうわけで警護の兵士たちには死んで貰わなければなりません。あなたの罪を被って――」

あなたの罪を被って――。

最後の言葉にゲルトの本気の怒りが見え、アデルはうろたえた。

そんなつもりではなかった。確かに殴りつけはしたがそれはウィルフリードが先に暴挙に出たからだ。牢に入れられればあの傲岸不遜《ごうがんふそん》な男も少しは自分の無礼な行為を反省するだろうと思ったのだ。だが、反省しなければならないのはアデルの方だった。

「わ……私は何ということを……」

自分の軽率な行動で何の罪もない兵士二人の命が奪われようとしている。それは絶対にあってはならないことだ。

「それほど怒っているのか、ウィルフリード殿は。警護の兵を斬首にせよというほど……？」

「それはお怒りでしょうな。どこの国に国賓を牢に入れる王がいるというのです。私どもの一族は長年ラートラン王家に仕えておりますが、今まで聞いたこともございません」

「ゲルト……」

「だいたいアデル様は何ゆえそこまでウィルフリード殿下に対してむきになられるのです？　いつものアデル様らしくもない――」

問われたがアデルにも理由がわからなかった。

ウィルフリードに嫌悪感があるわけではない。ただ、恐ろしいと感じた。

自分を翻弄《ほんろう》し、何もかもを呑み込もうとするウィルフリードがただひたすら恐ろしいと――。

だが、今はウィルフリードを恐れている場合ではなかった。

「ゲルト、ウィルフリード殿はどこに滞在している？　直ちにそちらへ向かう」

「王宮の東側ですが、行ってどうなされます？」

「ウィルフリード殿に詫びる。詫びて兵の命を奪わぬよう慈悲を願い出る。それしかあるまい」

「代わりにウィルフリード殿下に御身を要求されたらどうなされます？　ウィルフリード殿下を正式に伴侶とし、あのお方のお子を身ごもられますか？」

兵の命か、己が体か――。

どちらかを選べというゲルトを、アデルはきっと見据えた。

「そんなことは考えるまでもない。罪なき者の命を奪うくらいなら、我が身など好きなだけ貪ればいい！」

＊＊＊

王宮の東側にある貴賓室にウィルフリードが滞在していると聞き、アデルは急いでそちらに向かった。後ろからゲルトもついてくる。

火事で半分近くが焼失したとはいえ、それでもラートランの王宮は広く迷路のように入り組んでいる。長い廊下を抜けた先にある最も広い貴賓室に入ったアデルは、案内も待たずにウィルフリードが滞在している部屋の扉を押し開けた。

「ウィルフリード殿！」

突然のラートラン王アデルと宰相の来訪に、イズタールの使者たちが慌ててその場に膝をつく。どうやら牢獄から出てきたばかりなのだろう、まだ寝衣に長物の上着を羽織ったままのウィルフリードも、アデルの逼迫した様子に何事だと驚愕の眼差しを向けた。

「朝っぱらからどうしたんだ？」

「ウィルフリード殿、あなたの慈悲を賜《たまわ》りたい！」

「はあ？　慈悲？　慈悲って、何の？」

繰り返したウィルフリードに駆け寄り、アデルは言った。

「あなたを投獄したことは詫びる。あなたを殴りつけてしまったこともむろん詫びる。だから、警護の兵の命を助けていただきたい」

「ちょっと待ってくれ。話が見えない。警護の兵がどうしたんだ？　何かあったのか？」

「昨晩あなたを捕らえて牢に入れた兵士だ。このままでは彼らが斬首にされてしまう！」

「ああ？　斬首だぁ？　どうして？」

「あなたに対する不敬罪に決まっているだろう！　あなたの怒りはもっともだ。だが、どうか彼らを許してやってほしい。彼らに罪はない。罰せられるべきは私だ」

言った途端、ウィルフリードが付き従ってきた家臣を振り返った。

「不敬罪ってどういうことだ。誰かラートランの兵の命を要求したのか？」

ウィルフリードに問いかけられたイズタールの家臣たちが一斉に首を横に振る。一瞬彼らが怯えた目をしたことに違和感を覚えたが、今はそれどころではなかった。急がなければ罪もない兵士二人が命を奪われることになる。

「伏してお願い申し上げる。警護の兵も私の大切な家臣だ。どうか彼らに慈悲を――」

その場に膝をつくと、ウィルフリードが慌ててアデルの手を取った。

「やめてくれ。俺はラートランに対してそんな要求はしていない。家臣たちもだ。斬首だなんてとんでもないぞ。誰が言ったんだ、そんなこと」

「ゲルトが……あなたが相当お怒りだと……」

「ゲルト?」と首を傾げ、ウィルフリードが扉の前で控えているゲルトに目を向けた。

「ああ、そちらにいる宰相殿か——」

そう言ったウィルフリードに、ゲルトが神妙な面持ちで深々と頭を下げる。途端、ウィルフリードが「なるほど」と口角を上げた。

「そういうことか……」

意味深な言葉を口にし、笑みをより深くする。だが、それに気づくことなくアデルはウィルフリードににじり寄った。

「どうか、怒りを収めていただきたい。私があなたを投獄したことは事実だが、それをイズタールの王が知れば我が国と戦になりかねない」

「別に黙ってりゃいいだろう、そんなこと」

「え……?」

「というか、むしろ黙っていてほしいくらいだ。ラートラン王に夜這いをかけて殴り倒された上に牢にぶち込まれたなんてばれてみろ、俺は兵士たちに笑いものにされる」

それだけは勘弁してくれと肩をすくめ、ウィルフリードはテーブルの上の筆記具を手に取った。

紙に何やら走り書きをし、そこに小指に嵌めた指輪の紋章を強く押しつける。

「昨夜の件は誤解だから兵の罪は問わないよう書いてある。印章は略式だがイズタールの正式なものと変わりない。万が一イルークにばれたとしてもこれを盾《たて》に突っぱねればいい」

差し出された紙をゲルトに手渡そうとすると、それをウィルフリードが引き留めた。

「兵士のところへは自分で行った方がいい」

「私が……牢へ……?」

「ああ。斬首を言い渡された兵士は王に不信感を抱いているだろう。一度失われた信頼はそう簡単には取り戻せない。兵士との関係を取り戻したいのなら、あんたが自ら牢に行かなけりゃ意味がない」

王宮の外れに牢獄があり、そこに罪人が繋がれている。存在は知っているが、アデルがそこに足を踏み入れたことは一度もなかった。それがどこにあるのか詳しい場所すら把握していない。

「行くか行かないかを決めるのはあんただ。嫌ならばやめておけ。その代わり、その兵士たちは二度と王と自分の国を信じない。あんたは大切な家臣と自国の民を永遠に失うことになる」

家臣と民を永遠に失う――。

ウィルフリードのその言葉が重く心にのしかかり、アデルは唇を噛み締めた。

アデルが救わなければならないのは兵士の命だけではない。その命が持つ自身への信用と信頼をも同時に取り戻さなければならないのだ。

「わかった」

そう言って頷いたアデルは、側で控えているゲルトに向き直った。

「ゲルト。牢に案内してくれ。捕らえられた兵を解放する」

「御意のままに――」

恭《うやうや》しく頭を下げたゲルトに頷きかけ、ウィルフリードに目を向ける。

「早朝から騒ぎ立てて申し訳ない。後ほど改めて礼に伺う」

「いいから早く行け。行って兵を救ってやれ」

挨拶もそこそこに部屋を辞したアデルは、その足で牢獄へと向かった。

＊＊＊

その日、アデルは初めて王宮の片隅にある牢獄に足を踏み入れた。

牢獄の存在は知っていたものの、それがどこにあるか知らなかったし、知ろうとしたこともなかった。牢獄がどういう環境下に置かれているのか、どういう罪でどういう罪人が捕らえられているのか、アデルは何も知らなかったのだ。

鉄の扉で閉ざされた真っ暗な部屋に、警護の兵二人は閉じ込められていた。

まさかこんなところにアデルがやってくるとは思いもしなかったのだろう。王自らが斬首にやってきたのだと怯える兵士たちに、アデルは王としての最敬礼で詫びの言葉を口にした。

「民は国の宝だ。私の不徳のせいで大切な我が国の民であり家臣でもあるおまえたちの命を奪うところだった。本当にすまない」

自ら牢獄に足を踏み入れ、家臣である自分たちに詫びるアデルに兵士たちは驚愕した。

「おまえたちが私をまだ仕えるべき王だと思ってくれるのならば、今まで通り警護の兵として務めてほしい」

兵士たちを解放したアデルは、彼らに今日一日の特別休暇と忠義への労《ねぎら》いとして報償を与えた。

そうして牢獄を後にしたアデルは、再びウィルフリードが滞在する部屋へと足を運んだ。

＊＊＊

「間に合ったか？」

来訪を告げ部屋に入った途端、ウィルフリードがそう言って笑みを向けてきた。

中庭から入る光がウィルフリードの色あせた金色の髪を照らしている。黒い甲冑や格式張った民族衣装ではなくゆったりした長衣を着ているせいなのか、昨日とは全く趣《おもむき》が違って見えるウィルフリードをアデルは不思議な面持ちで見やった。

なぜかこの男を見ていると心が騒いで仕方がない。その理由がわからないまま、アデルはウィルフリードに近づいた。

「朝から大騒ぎをして申し訳なかった。兵たちは無事解放した」

「そうか、それはよかった」

　謝意を述べたアデルに、ウィルフリードが歯を見せて笑う。朝の光のような笑みを向けられ、鼓動が高鳴った。ウィルフリードの顔を正視できず、そのまま視線を床に落とす。

「それにしてもラートランの宰相はなかなかのやり手だな。いや、この場合はいい家臣といった方がいいかもしれないが――」

　唐突にそう言われアデルは首を傾げた。

「ゲルトのことか？」

　ゲルトは幼い頃は侍従として、王となった今は宰相として仕えてくれている。口うるさくはあるが、アデルにとっては陰日向《ひなた》になって支えてくれるゲルトは父のような存在でもある。

「ゲルトは私によく仕えてくれている。あなたに慈悲を乞《こ》うよう進言してくれたのもゲルトだ」

「なるほどな。あんたは家臣に恵まれている。賢王には必ずいい家臣がいる。昨晩の兵士たちといい、皆忠義に篤くて羨ましいくらいだ」

　ウィルフリードの言葉の本意が今ひとつ読めず思わず眉根を寄せる。そんなアデルに何でもないと手を振り、ウィルフリードがゆっくりと立ち上がった。控えていた側仕えに何かを命じてアデルに向き直る。

「せっかく来たんだ、茶でも飲んでいかないか？」

「茶？」

首を傾げたアデルに「ああ」と返事をし、ウィルフリードはテーブルに置かれた陶器の小箱を指さした。

「ラートランの王がイズタールの茶を好んで飲んでいると聞いて持ってきてたんだ。今年イズタールで穫れた最高の茶葉だ」

そう言って小箱の蓋《ふた》を開けて茶器を手に取る。

ウィルフリードの言う通り、アデルはイズタール産の茶を好んで飲んでいた。イズタールは荒野と砂漠を隔てたところにある遠い国でもあり、特産の茶葉もなかなか手に入りにくい。その最高級品をウィルフリードは持参してきたのだという。

「わざわざ持ってきてくれていたのか？」

「求婚に来たのに手ぶらっていうのもどうかと思ってね。昨日渡そうと思ってたんだが、あんなことになって渡しそびれた。まあ、あんたが望んでいるのは茶みたいなものじゃないとは思うけど、飲んでみる価値はあると思うぞ」

屈託のない笑みを向けられ、アデルは慌ててウィルフリードから目をそらした。

先ほどからウィルフリードの唇が気になって仕方がない。

昨晩、あの唇が自分の唇を覆った。ウィルフリードには何でもないことだったのかもしれないが、アデルにとってあれは初めての口づけだったのだ。

濃厚な口づけに翻弄されたことを思い出すだけで、体がじわりと熱くなる。あの唇がと思うと、どうしてもウィルフリードの顔を正視できなかった。

そんな様子に気づいていないのか、アデルに椅子を勧めたウィルフリードは側仕えに用意させた湯で茶を煎れ始めている。

色鮮やかな文様が描かれた茶器もまたイズタールの特産品だった。

茶葉が獲れる高地を有するものの国土の半分以上が砂に覆われたイズタールは熱砂の国と呼ばれている。そんな暑い国に鮮やかなその色はよく似合うに違いない。見たことのない遠い国だが、アデルは何となくそう思った。

ウィルフリードが茶器に茶を注ぐと、ふわりと芳醇な香りが漂う。甘い茶の香りに誘われ、アデルは唇をほころばせた。

「いい香りだ……」

思わず呟くと、ウィルフリードが「そうだろう?」と笑う。

勧められるまま茶を口にしたアデルは、思わず目を見開いた。

「おいしい……」

舌に伝わってきたのはまろやかな味と香りだった。甘さを感じるそれが鼻腔に抜け、何ともいえない幸せな気持ちになってくる。

「本当においしい……こんなにおいしい茶は初めて飲んだ」

「気に入って貰えて光栄だ」

同じ模様の茶器を手にし、ウィルフリードが長椅子の隣に座る。膝が触れ合うほどの距離だったが、昨日のような不快な気持ちにはならなかった。むしろ、心地よいとさえ感じているのが自分でも不思議に思う。

同じように茶を口にしているウィルフリードにアデルはちらりと目を向けた。

先ほどは朝の礼の言葉を口にした。あとは昨夜の件を詫びなければならない。謝るなら今しかないだろう。

「ウィルフリード殿」

「ああ?」

「私はあなたに詫びなければならない」

「詫び？　何の？」

「昨夜のことは本当に申し訳なく思っている。その……殴りつけてしまって……」

「ああ、そのことか」

くすっと笑い、ウィルフリードがアデルに殴られた頬に手を当てた。

「あれはどう考えても俺が悪い。殴られて当然だ。まあ、けっこう痛かったけど――」

「す……すまなかった。私もまさかいきなりあんなことをされるとは思わず、とっさに手が出てしまって……」

「俺も油断してた。あんたがあまりにも美人すぎて男だってことを一瞬忘れたんだ。でも、ひっぱたかれるならまだしも、まさか拳《こぶし》でぶん殴られるとは思わなかった」

「す……すまない……本当に……何と詫びればいいのか……」

「もういいって。これを言うとまた怒られるかもしれないが、ここに来るまではオメガのラートラン王はもっと華奢で女みたいな感じだとばかり思ってたんだ。なのに、実際に会ってみたらどこからどう見てもしっかり男だったもんで、これにはさすがに驚いたっていうか……参ったっていうか——」

困ったように肩をすくめ、ウィルフリードは言葉を続けた。

「確かにラートランの王族というだけあって美人だなぁとは思ったけど、自分と大して背格好が変わらない男なわけで、それを抱けって言われてもさすがに物好きな俺でもな……」

普通なら勃《た》つものも勃たないと、ばつが悪そうに頭を掻く。

「そんなわけで、寝所の鍵を渡された時もどうしようか迷ってたんだ。とりあえず行くだけ行ってみるかと思って部屋に入ったら、あんたが艶《なまめ》かしい寝衣姿で待っているし、寝所はあんな風に飾られているしで……その、まあ……ちょっとムラッときたというか……」

「な……艶かしいとは何だっ……それに私はおまえを待っていたわけではないっ」

またもやウィルフリードを『おまえ』と言ってしまったが、もう言葉を飾る気もしなかった。

不満げに唇を尖らせ、アデルはウィルフリードから目をそらす。

「寝所をあのように用意させたのも私ではない。あれはゲルトたちが——」

「ああ、わかってる。あんたにその気はないんだろう？　でも、誘えば乗ってくれるかなと少し期待はしてたんだよ。俺はあんたを身ごもらせるために呼ばれたんだし。でも、まさかあそこまで拒絶されるとは思わなかった。おまけにぶん殴られるわ、牢にぶち込まれるわ……」

苦笑交じりではあるが、そう言われては返す言葉もない。いたたまれずに視線を床に向けていると、ウィルフリードがふいに茶器を置いて頭を下げた。

「とはいえ、あれは全面的に俺が悪い。嫌がっているのに無理矢理ああいうことをしたのは悪かったと思ってる。反省している。すまん。許してくれ」

「わ……私の方こそ申し訳ないと思っている。その……他人にあんな風に触れられたのは初めてで、どうしていいのかわからず、つい——」

「初めて？　今まで何人も求婚者が来たんだろう？　何もしなかったのか？　その——子を作るようなことも含めて」

「するわけがないだろう！」

思わず叫び、アデルはウィルフリードから顔を背けた。

「わ……私はまだ誰ともそういうことはしていない。今までの求婚者ともだ」

「ずっと貞操を守り続けてるってことか？」

「……悪いか」

「いや。身持ちが堅いのはいいことだ。そこら中に種をまき散らす馬鹿な王族もいるからな」

意味深にそう言い、ウィルフリードは「それで——」と言葉を続けた。

「今までの求婚者たちはどうやって追い返したんだ？　まさか全員俺みたいに殴りつけて追い返したなんて言わないだろうな」

「そんなことするわけがないだろう。殴ってしまったのはおまえだけだ。他の男たちは脅しただけで皆尻尾を巻いて逃げ帰った。だいたい私に軽口を叩いた上にあんな暴挙に及んだのもおまえくらいで……」

「へえ。そうだったんだ。殴られて牢にぶち込まれたけど、俺だけって言われると特別感があってちょっと嬉しいな」

「な……」

殴られ、牢獄に入れられたことを『特別』と喜ぶウィルフリードにアデルは呆れて言葉を失った。

この男といるとどうも調子が狂って仕方がなかった。話をすればするほど勢いに巻き込まれ、冷徹な王の仮面を剝《は》がされてしまうような気がしてならない。

「じゃあ他の求婚者には何て言って追い返したんだ？」

興味津々で尋ねてくるウィルフリードをアデルはじろりと睨む。

「聞きたいか？」

「後学のためにぜひ」

「今までの求婚者たちには私が子を宿したあかつきには己の男根を切り落とせと、その覚悟があるなら私を抱けと言った」

「はあっ？」

素《す》っ頓狂《とんきょう》な声を上げたウィルフリードをじろりと睨み上げ、アデルは言った。

「やつらの誰一人私を王として……一人の男として見ようとしなかった。ラートランのオメガはそうでなくても珍しい。それが王族となればなおさらだろう。やつらは寵姫《ちょうき》を愛でるようにオメガの私の体を貪りたいだけだ。どうしてそんな輩の子など産まなければならない。だから、男根を切り落とされてもいい覚悟で抱けと言った。それの何が悪い」

「いや……悪くはないが……きれいな顔してさらっと怖いこと言ってくれるなぁ」

自分の股間を押さえながらウィルフリードが苦笑する。その様子をちらりと見やり、アデルは茶器を両手で包み込んだ。

「あの男たちは私をオメガと蔑み見下した。オメガならばつべこべ言わずにアルファに抱かれていればいいと言わんばかりだ。どうして私がそんな屑どもの子など産まなければならない」

求婚者たちの誰もがアデルをオメガとしてしか見なかった。

ラートランの王であるアデルではなく、激しい発情期を迎える度に男を求める淫らなオメガとしてしか見ようとしない。そこにはオメガに施しをくれてやろうというアルファの傲慢《ごうまん》さしか見えてこなかった。

だから、きっとウィルフリードも同じだと思っていた。他の求婚者たちと同様に脅せば逃げ帰るだろうと、そう思っていた。なのに、この男は逃げるどころか口を鉄で焼きつぶしたいならそうしろと言い、あげくにアデルから初めての口づけを奪っていったのだ。

「脅されて逃げ帰らなかったのはおまえだけだ。そ……その上あのようなことを……」

言った途端にかっと顔が赤くなった。

昨夜の出来事を思い出すだけで羞恥心に駆られて顔から火を噴きそうになる。体までもが熱くなり、アデルはウィルフリードから顔を背けて口を閉ざした。

この男の無礼な口のきき方に苛々した。なのに、こうして側にいるだけで気持ちがざわつき、体までもがじくじくと疼きだす。一刻も早くこの場を立ち去りたい気持ちと、もっと一緒に過ごしたい気持ちが複雑に絡み合い、アデルの心を激しく揺さぶろうとする。

「おまえといると本当に苛々する……」

「そうか？　俺はあんたといるとウキウキするけどね」

「なっ……」

ふざけるなと口にしようとしてそのまま黙り込んだ。

日の光を浴びたウィルフリードの髪が金糸のように輝いている。窓の向こうに見える空と同じ色をした瞳を茫然と見つめていると、ウィルフリードがふわりと穏やかな笑みを浮かべた。

「俺はきれいなものが好きなんだ。空も、海も、太陽の光を受けて煌めくラートランの大きな湖も、イズタールの夜の砂漠もみんな美しいと思う。むろんあんたもだ。それに——」

言葉を句切り、ウィルフリードは少し照れくさそうに話を続けた。

「あんたはただきれいなだけじゃない。美しくて強い。それに誇り高い。そんなあんたが伴侶となってずっと俺の側にいてくれるとどんなに幸せだろうって、ついそんなことを考える」

歯の浮くような台詞を平然と口にされ、顔がかっと熱くなった。

「そ……そのような戯言《たわごと》に私が乗るとでも思っているのか」

「乗ってくれると嬉しいんだが、なかなかそうもいきそうになくて困ってる」

笑って肩をすくめたウィルフリードが空になった茶器に茶を注ぐ。その仕草にさえ心が浮き立ち、アデルは慌ててウィルフリードから距離を取った。

この気持ちはいったい何なのだろうか。ウィルフリードの息遣いや体温が近ければ近いほど心がざわざわと揺れる。昨日謁見の間で感じた恐怖感に似たものとはまた違う別の感覚に苛まれ、アデルは自分の気持ちを持て余した。

「お……おまえは本当にわけがわからない。下賤《げせん》な振る舞いをしたかと思えば、今朝のように上に立つ者としての物言いもする。おまえは私が知っているどの王族とも違う。おまえはいったい何なのだ」

「何だと言われてもなぁ。まあ、下賤な物言いは勘弁してくれ。荒くれ者の兵を率いているとどうしてもこういう乱暴な口調になってしまうし、何より俺は出自が下賤なんでね」

「出自が下賤？」

鸚鵡返《おうむがえ》しに尋ねたアデルに「ああ」と頷き、ウィルフリードは唇を皮肉っぽく吊り上げた。

「イズタールの先王……まあ、俺の親父なんだが、あいつはとんだ色ボケジジイでね。そのせいでイズタールには王子王女が三十人以上いる。俺はその第六王子で、上に兄が五人、姉が七人だ。下には正直何人いるかわからない」

以前ゲルトも言っていたが、当のイズタールの王族から改めて聞かされると先王の性豪には呆れるばかりだ。

「俺の母はイズタールのずっと西にあったセトレル公国の公女だったんだ。セトレルがイズタールに併合された際、母は捕らえられて奴隷の身に落とされた」

先のイズタール王の慰み者として後宮に入れられ、生まれたのが自分だとウィルフリードは言った。

「生まれた俺がたまたまアルファだったから、母は奴隷の身分から解放された。ただ、解放されたっていっても王の夜の相手をするのは変わりない。俺の母は王族で貴族でもない、イズタールでも皆に性奴隷と蔑まれるそういう身分なんだ」

うんざりした面持ちで吐き捨て、そのまま長椅子にどっと体を預ける。

「クソ親父が死んで一番上の兄のイルークが王位を継いだが、ジジイが種をまき散らしたせいでそれこそ火種があちこちにくすぶっている。イルークには二人子がいるけれど、どちらもベータで王位を継ぐ資格がない。アルファは今のところイルークと俺の二人だけだ。おまけにこのイルークが親父そっくりの色ボケで傲慢ときている。それに——」

「それに——？」

続きを促したアデルに皮肉っぽい笑みを浮かべ、ウィルフリードは言った。

「イルークは俺を奴隷の子と蔑んで蛇蝎《だかつ》のごとく嫌ってるんでね。何でかイズタールの民は俺と金獅子軍を慕ってくれていて、たぶんそれも気に食わないんだろうな。あっちこっちで騒乱が勃《ぼっ》発《ぱっ》する度にあいつは俺と金獅子軍を平定に向かわせる。俺が騒乱に巻き込まれて死ねばいいとでも思っているんだろう。自分が手を下す手間が省けると——」

「そんな……おまえたちは実の兄弟ではないのか？　なぜ兄弟でそこまで憎み合うのだ」

「兄弟だからこそ憎み合うこともある。どうやっても相容れないものがある。イルークと俺は混じり合うことができない水と油みたいなもんだ」

ふっとため息をつき、ウィルフリードは茶を口にした。

「外からだとイズタールは勢いのある豊かな国に見えるだろう？　けれど、実際はそうじゃない。いつ国が瓦解《がかい》してもおかしくない状態なんだ」

ラートランの南方に位置するイズタールは建国百年にも満たない新興国だ。

豊富な資源と強大な軍事力を誇る国だが、近隣の小国を攻め滅ぼし併合して国土を広げていったこともあり内紛を抱え込んでいるのは周知の事実だった。それに加えて問題なのは数十人に及ぶ先王の王子王女たちの存在だ。大勢の王族やその家臣たちを養っていくだけでも相当金がかかるに違いない。今は豊かであっても、いずれ財政が逼迫するのは目に見えている。

「このままではいずれ民の不満が爆発するだろう。あちこちで騒乱が起きる度に国土が荒れる。そうなると結局苦しむのは民だ。俺は民が苦しむ姿なんか見たくないんだ」

ウィルフリードのそんな言葉にアデルは不思議な感じがした。

今まで多くの求婚者たちがやってきたが、自国の窮状《きゅうじょう》を口にする者など一人としていなかった。他国に弱みなど見せられないとばかりに自国の豊かさを誇る。けれど、ウィルフリードは違った。一見すると粗野で国のことなど何も考えていないように見えるが、アデルが思っている以上に国を愛し、そして今の国の有り様を憂《うれ》いている。

「イルークは国庫が逼迫していることなんか気にもせず後宮に何人も着飾った寵姫を囲っている。イズタールの王宮も派手でギラギラしていて、そんな中にいると目が回るんだ」

それに比べるとラートランは美しいとウィルフリードは言った。

「緑が多くて水も豊かだ。王宮も街も華美な装飾がないからすごく落ち着く。大火で王都の半分が焼失したと聞いていたが、古い街と新しい街が自然に調和していて一体感がある。王都の民も親切で礼儀正しい。これが歴史ある国というものかと驚くことばかりだ」

「だが、イズタールはラートランよりもずっと豊かだと聞いてる。資源が豊富な上に交易も盛んで、港のある街などはとても活気があると……」

「そうだな。確かに交易は盛んだ。でも、国土のほとんどは砂に覆われているし、資源もいつか尽きる。今のままだとその時に何も残らない。イルークはそれをわかっていないんだ。資源も金も無尽蔵に湧き出すものと信じている」

腐敗していこうとしている愛する自国。なのに、王位を継げない自分には何もできない。それがもどかしいと言い、ウィルフリードは大きなため息をついた。

「あげくに俺はラートランを乗っ取る駒《こま》にされているからな」

「我が国を乗っ取る……？」

不快げに眉を顰めたアデルに、ウィルフリードが肩をすくめて頷いた。

「ああ。俺をあんたに添わせようとしてるのはそういうことだ。俺がラートラン王を無事に孕ませれば、ラートランとイズタールは姻戚関係になる。未来のラートラン王の外戚みたいなもんだ。あんたが言う通り、イズタールはひいじいさんが盗賊の一味を束ねて作った国だ。そんな国だからラートランみたいな古い歴史を持つ国と姻戚関係ができれば国に箔《はく》が付く」

「箔が付くなどと……そんなくだらないことに我がラートランを巻き込まないで貰いたい」

「そういうラートランだって同じじゃないか。後継者を得るためにオメガの王に子を産ませようと躍起になってアルファをあてがおうとしている。どれだけ嫌がろうとも、あんたは俺みたいな盗賊の末裔《まつえい》にだって抱かれなきゃいけない」

腹立たしいが事実だった。

アデルの意思など関係なく、この腹に子を宿さなければ王族の血は絶え、ラートランという国は消滅してしまう。それはわかっているのだが――。

「私とて本当は誰にも抱かれたくなどない……」

ぽつりと呟きアデルは目を伏せた。

「私も男なのだぞ……その私がなぜ男に抱かれなければならないのだ。子はできないが私だって女性を愛することができる。なのに、私はオメガだというだけで男にこの身を差し出さなければならない。なぜ……なぜ私が同じ男に抱かれなければならないのだ！」

思わず叫び、アデルは唇を噛み締めて目を伏せた。ウィルフリードに言っても仕方のないことだとわかっていても言わずにはいられない。

アデルとて何も好きでオメガに生まれたわけではなかった。

十数年前のあの日、体にオメガの淫紋さえ現れなければもっと違った人生を歩んでいただろう。大火の炎に巻かれて命を落としたかもしれないが、今のように国のためにアルファと交わり子を産めと迫られるようなことはなかったはずだ。

「私はオメガのこの体が呪わしい。腹の淫紋など焼きつぶしてしまいたい……」

そんなことをしてもオメガである身が変わるわけでもない。

発情期が来ると下腹部近くに浮かび上がるオメガの淫紋。赤いそれを目にする度に、自分がオメガであることを思い知らされた。アルファを求めて疼く体を持て余し、オメガの自分を呪い続けた。

「おまえも私を抱きたいか？　オメガの体がどうなっているのか、発情期のオメガがどんな風に乱れるのか、その手で触れ、その目で確かめたいか？」

くっと唇を歪めてアデルは冷笑を浮かべる。

「そんなにこの体を抱きたいなら抱かせてやるぞ。おまえの前でいくらでも乱れて嬌態《きょうたい》を繰り広げてやる。ただし、私が本当に望むものをおまえが持ってくればの話だ」

「本当に望むもの？」

それは何だと問い返され、アデルは冷たい笑みをより深くした。

「おまえの国だ。イズタール一国をおまえは私に捧げられるか？」

「イズタールを？」

「ああ、そうだ。私の本当の望みはイズタールという国だ。イズタールの資源、軍事力、国土、その全てだ。それをおまえは私に捧げられるか？」

言った途端ウィルフリードが黙り込んだ。

できるわけがない。今までの求婚者たちにも同じことを要求した。けれど、誰もがそんなことはできないと言った。

当たり前だった。わかっていて無理難題を押しつけているのだ。それは、おまえの子など絶対に産むものかというアデルの抵抗でもあった。

きっとウィルフリードもできないと言うだろう。これ以上話をすることはないとばかりに立ち上がろうとすると、ウィルフリードがぐいっとアデルの手を引いた。

「何をす——」

「そんなものでいいのか？」

アデルの手を摑んだままウィルフリードは言った。

「あんたをこの手に抱く代償はそんなものでいいのか？」

念を押すようにウィルフリードが同じ言葉を繰り返す。

「さっきも言った通り、イズタールは建国百年にも満たない盗賊が作った国だ。国土の半分以上が砂に覆われている。今は資源があるがそれもいずれ枯渇《こかつ》する。国土を広げすぎたせいでわずか四代で傾きかけてるようなみっともない国だ。あんたが欲しいのはそんなものなのか？　その身を差し出す代わりにそんなものが欲しいっていうのか？」

「ならばおまえが王になって国を立て直せばよかろう！　傾国の原因がイルークだというならその首を刎ねろ！　誰が見ても恥ずかしくない国にしてから私にイズタールを捧げろ！　おまえがそう誓うなら、私は喜んでおまえの子を産んでやる。おまえとの間にできた子に、このラートランとおまえから受け取ったイズタールを全てくれてやる！」

「それはイズタールとラートランを併合する——そういうことか？」

神妙な面持ちで問われて戸惑った。売り言葉に買い言葉のように言ってしまったが、それは常々アデルが思っていることだった。

「私はラートランを守りたい。民を守りたい。けれど、この国は老いた。新しいものを受け入れず、過去の栄光にすがり滅びを待つだけの老人のようになっている……」

その過去の栄光の象徴だった王都や宮殿は先の大火で無残に焼け落ちた。街の再建は進んでいるものの民の数は確実に減りつつある。このままいけば、近い将来国として成り立たなくなるのは目に見えている。

「いずれラートランは近隣のどこかの国に併合されて消えゆく運命だろう。ならば、民を苦しめることのない強国と結ばれるのが一番だ」

だからアデルは未来のラートラン王の親となるアルファを厳選しようとした。

どうせ子を産まなければならないのならば、この数千年の歴史を持つラートランを託せる者を伴侶にと思ったのだ。強い国を後ろ盾に持ち、共に手を携えて国を支えてくれるアルファに身を委ねようと――。

長い歴史と文化はあるが消えゆこうとしている古きラートラン。強く豊かで勢いはあれど今にも崩壊してしまいそうな新しきイズタール。この二つの国が一つになれば、何かが変わるだろうか。

「私が――このラートランが欲しいなら誓え、ウィルフリード」

ウィルフリードを正面から見据え、アデルは言った。

「自らが王となり、イズタール一国を私に捧げると誓え」

ウィルフリードは何も答えない。否という言葉を受け入れようとした時、ウィルフリードがふわりと穏やかな笑みを浮かべた。

「もう一度呼んでくれるか?」

「え……?」

「名前。敬称付きでもなく『おまえ』でもなくあんたに『ウィルフリード』と呼ばれるとけっこう気分がいい」

もう一度名を呼んでくれと微笑《ほほえ》み、ウィルフリードがアデルの髪に指を絡めた。流れるようなまっすぐな髪にそっと唇を寄せる。

「きれいな黒髪だ。髪も目も俺が好きなイズタールの砂漠の夜と同じ色をしている」

名を呼んでくれ。そう囁《ささや》きながらウィルフリードが頬に指を滑らせてきた。

荒々しく骨張った指が頬を、耳朶《じだ》を、そして唇を撫でていく。

「俺の名前を呼んでくれ、アデル――」

ふいに名を呼ばれ、体がぞくっと震えた。

名を口にされるというのはこんなにも心地のいいものだっただろうか。ウィルフリードの低い声が耳の奥にじわりと染み込み、アデルの心を穏やかな温もりで満たしていく。

「アデル、俺の名を呼んでくれ」

「ウ……ウィルフリード……」

「もう一度だ」

「ウィルフリード……」

「ああ。ラートラン王アデルは俺に何を望む？　あんたの望みは何だ？」

我が望みは――。

「我が望みはイズタール一国――それ以外はいらぬ」

そう言ったアデルにウィルフリードがふわりと笑った。

「承知した」

ゆっくりと頷きアデルの手を取る。

「あんたに誓おう。俺は兄イルークを排斥してイズタール王になる。国を立て直し、我が伴侶となるラートラン王アデルにイズタールを捧げよう。対価として、俺はアデル――あんたとこのラートランを貰い受ける。共に立ち、二つの国を二人で率いる。それでいいか？」

返事をしようとした。けれど、それはウィルフリードの抱擁と口づけによって封じられた。

背を抱いたのは強い力だった。心に巣くう不安や焦燥《しょうそう》、そういったものを全て包み込むような力強さでウィルフリードはアデルを抱き締める。

アデルが望む強き力――。

それをこの男に感じた。この粗野で獅子のような男が、アデルの望むその力を持っているというのだろうか。

昨夜のような濃厚なものではなく、ただついばむだけの口づけを与え、ウィルフリードはアデルを抱擁から解放した。

「こんなことをしたらまた殴られそうだな」

そう言って笑ったウィルフリードの顔をまともに見ることができない。いたたまれない気持ちに苛まれて目をそらしていると、ウィルフリードが思い出したように手を打った。

「ああ、そうだ。今朝、兵士の助命に来た時に確か礼は後でって言ってたよな？」

「え……？」

確かに言った。だが、それは今の口づけで帳消しになったようなものではないのだろうか。

「忘れないうちに礼をして貰おうかな」

このまま体を要求されるのだろうか。そう思って身構えていると、にんまりと笑ったウィルフリードが、テーブルの上に置いたままの茶の箱を指さした。

「俺はもうしばらくラートランに滞在する予定だ。国営の製鉄所も見せて貰うことになっているし、他にも見学したいところが山ほどある。そこでだ。執務の合間でもかまわないから、毎日ここに茶を飲みに来てくれないか」

「茶を飲みに？」

「ああ。この茶葉がなくなるまで毎日俺と茶を飲んでくれ。兵士の助命への礼はそれでいい」

＊＊＊

貴賓室を辞して執務室に戻ったアデルを待っていたのはゲルトだった。

「アデル様、ウィルフリード殿下は何と――？」

兵士の助命の見返りに何を要求されたのか。難しい顔でそう尋ねるゲルトに、アデルはぽつりと言った。

「茶を飲みに来いと――」

「は？　茶？　茶と言いますと……あの、お茶でございますか？　アデル様が普段お飲みになっている……？」

「ああ。その茶だ。ウィルフリード殿が滞在している間、毎日茶を飲みに来いと言われた」

意味がわからないとばかりにゲルトが目をしばたたかせる。訝るゲルト以上にアデルも狐《きつね》に摘まれたような気持ちだった。

「それは……いったいどういう意味でしょうか？」

「わからない。ただ、執務を終えたら毎日茶を飲みに来いと言われたのだ」

「その際に御身を自由にさせろと要求されたりなどは？」

「ない」

「では、我が国に不利益になるような何かを要求されたりは――」

「それもない」

ラートランとイズタールの併合の話はあえて口にせず、アデルは執務用椅子に腰を下ろした。

「ゲルト。おまえはあの男をどう思う?」

「ウィルフリード殿下でございますか?」

唐突に尋ねるとゲルトが「はて……」と首を傾げる。

「こう申し上げては何ですが、よくわからないお方だというのが私の正直な感想です。ただ、悪い感じはいたしません。よく言えば勇壮活発、豪胆無比《ごうたんむひ》。悪く言えば……いささか奔放不羈《ほんぽうふき》がすぎると言いましょうか……まあ、アデル様よりは長く生きております老人の経験から申し上げると、という話ではございますが……」

「そうだな、確かに私もあの無礼さには閉口したが……」

大きな机に頬杖をついたアデルは、そのままちらりとゲルトを見やった。

「私はあの男がよくわからない。ふざけた物言いには苛々するのだが、じっくり話をすると国を統べるにふさわしい者のような気もする。あの男が嫌なのか、それともそうではないのか、私にはさっぱりわからない……」

今までの求婚者たちとは全く違うウィルフリードにアデルは戸惑っていた。追い返した十九人の求婚者たちは、自国を憂う言葉を口にした者など誰一人としていなかった。国の豊かさを誇り、強さを誇り、その国を動かしている王族の一員である自分を誇る。そんな自賛の言葉だけを口にする彼らにうんざりした。

けれど、ウィルフリードはそうではなかった。過去の栄光にすがるでもなく、現状をよしとするでもなく、これからのために自分にできることはないかと模索している。その姿に惹《ひ》きつけられてしまったのだ。

いや、それだけではないとアデルは思った。

日の光に輝く少し色あせた金の髪に心が揺れた。雲一つない空のような青い瞳に鼓動が高鳴った。今までアルファを前にしてもあそこまで気持ちが乱れることはなかったというのに、心も体もウィルフリードにだけ嫌というほど反応する。先ほどもウィルフリードの指が頬に触れただけで気が昂ぶり、腹の奥がしくしくと疼いた。口づけられた時などは腰が抜けてしまいそうだった。

ウィルフリードが触れていった唇を指で辿った途端に昨夜の激しい口づけを思い出し、アデルは慌てて唇から手を離した。

あんな口づけをアデルは知らない。昨夜も拒絶しなければあのままウィルフリードに抱かれていただろう。とっさに手が出てしまったのはウィルフリードが嫌だったからではない。流されてしまいそうな自分が嫌だったのだ。

一人の人間としてウィルフリードが気になるのか、それとも番になるアルファとしてウィルフリードが気になるのか、自分の気持ちはいったいどちらなのだろうか。

答えの出ない自問を繰り返し、アデルはげんなりとため息をついた。

「とりあえず、しばらくの間、午前の執務の後は私はウィルフリード殿と茶を飲むことにした。

おまえたちには迷惑をかけるが、小一時間ほど執務室を空ける」

申し訳なさそうに言ったアデルになぜかゲルトが相好《そうこう》を崩す。好々爺然《こうこうやぜん》としたゲルトに訝るような目を向け、アデルは小首を傾げた。

「何だ、ゲルト。何を笑っている」

「いえいえ、何でもございません。迷惑だなどととんでもない。明日よりどうぞごゆるりとお茶をお楽しみくださいませ」

ゲルトの頬が何やら緩みきって見えるのは気のせいだろうか。

まあいいと肩をすくめ、アデルは午後の執務を開始した。

6

翌日からアデルは午前の執務を終えると王宮の東側にある貴賓室に足を運んだ。

いったい何の目的だろうと訝りつつも、ウィルフリードが煎れる茶は自分や給仕の者が煎れるよりも格段に美味く、執務での疲れも癒やされた。

くだらない話で笑い合うこともあれば、互いの国について、諸外国との関係について話をすることもある。ウィルフリードが煎れた茶を飲みながら過ごす時間は思いのほか心地よく、時間が経つのを忘れてしまうこともしばしばだった。

そんなこんなでアデルがウィルフリードの元に通うようになると、いよいよラートランの王はイズタールの王子を伴侶にすると決めたらしいという噂が立ち始めた。

二人きりで過ごす時間があれだけ増えているのだから、おそらく子を授かるような行為も行っているに違いないと勘ぐる者も少なくない。

だが、下司《げす》たちのそんな噂とは相反して、ウィルフリードはアデルに指一本触れていなかった。

いたって紳士的にアデルを部屋に招き入れ、話が終われば建屋を繋ぐ回廊まで見送りに出る。子を授かるような行為はおろか、体温を感じるほどの距離にいてもウィルフリードは手を握ることさえしなかった。

寝所にはやってこない、訪問してもただ笑って茶を飲むばかりのウィルフリードに、アデルはいささか物足りなさを感じていた。ウィルフリードを拒絶した自分のことは棚に上げて、もう少し欲を見せてはどうかとさえ思う。

何となく悶々《もんもん》とした気持ちを胸に抱えたまま、今日も午前の執務を終えたアデルは王宮の東側に足を運んだ。

近頃ウィルフリードは床に直接敷かれた絨毯《じゅうたん》に大ぶりのクッションを敷き詰めてそこに座っている。

おそらくイズタールには長椅子を使う習慣がないのだろう。ウィルフリードたちの滞在が長くなればなるほど貴賓室全体がイズタール風に様変わりしているような気がした。

茶の匂いなのか部屋に独特の香料の香りが漂い、そこだけがまるで異国のような不思議な空間になっている。大きな窓の向こう側にある中庭にはウィルフリードが引き連れてきた兵士たちの天幕が張られおり、それがまた異国情緒に拍車をかけていた。

今日も青い文様の入った箱を開けてウィルフリードが茶を煎れてくれた。

アデルがこの部屋に通えば茶葉は少しずつ減っていく。ウィルフリードはこの茶葉がなくなるまでと言っていたが、その時が来てしまうのがなぜか惜しく感じて仕方がなかった。

窓が開いているせいなのか、無造作に束ねられたウィルフリードの髪が風で揺れている。ふわりと漂ってくる茶以外の香りに心がざわめき、アデルは何ともいえない居心地の悪さを感じた。

ウィルフリードはいつもと変わらない。なのに、その香りのせいで今日は全く別の何かになってしまったような気にさせられた。

「それで昨日は王都の西側にある鉄鋼石の採石場に行ってきたんだ。採石場のすぐ側には製鉄所もあるし、あれはなかなか合理的な――」

先ほどからウィルフリードがラートランの製鉄について話をしているが、それもあまり耳に入ってこなかった。話の内容よりもウィルフリードの声に耳が反応する。呼吸をするかすかな音にすら心がざわざわと揺れた。

「そういえば、姉君はお元気か？　もうどこかに嫁がれてしまったかな」

「え？」

唐突に尋ねられ、アデルは驚いて顔を上げた。

「姉？　私に姉などいないが――」

「じゃあ妹君は？」

「妹もいない。弟が一人いたが、先の大火で命を落とした」

「そうなのか？　じゃああれは誰だったんだろう。たぶんあそこは後宮だったと思うから、いたのは王族だとばかり思ってたんだけどな」

「あそこ？」

「ああ」と頷き、ウィルフリードは言った。

「十五、六年くらい前かな。先のラートラン王の即位十年記念の祭典があっただろう？」

それにアデルはこくっと頷いた。

忘れもしない。あの祭典の真っ最中にアデルの体にオメガの淫紋が浮き上がったのだ。

初めて迎えた発情期の熱に浮かされて快楽地獄という名の苦しみを味わった。あの時の狂わんばかりの劣情を思い出し、アデルは眉根を寄せた。今も発情期が来ればあの時と同じか、それ以上に激しい劣情に苛まれる。普段は薬で発情を抑えているが、最近はそれもあまり効かなくなってきているような気がした。

「それが……どうかしたのか？」

平静を装いつつ尋ねると、ウィルフリードが少し照れくさそうな顔をした。

「あの祭典には俺もクソ親父に連れられてこの王宮に来てたんだよ。昔はこの王宮ももっと広かっただろう？　迷路みたいで珍しくてあっちこっちうろうろしてたら、俺一人だけはぐれて迷子になったんだ」

回廊や建屋を結ぶ渡り廊下をいくつか抜け、気がつけばかなり奥まで入り込んでいた。花が咲き乱れている庭園に迷い込み、そこで少女に出会ったのだとウィルフリードは言った。

「白い花は百合だったかな……迷い込んだ庭にものすごくかわいい黒髪の女の子がいて、迷子になった俺を回廊まで案内してくれたんだ。ラートランの民独特の見た目だったから、てっきり王族の姫だとばかり思ってたんだが、違うんだな」

ウィルフリードの言葉にアデルは驚愕した。

王の即位記念の祭典に国中が沸いていたあの日、白百合が咲き乱れる庭園の生け垣からひょっこり顔を出した青い瞳の少年がいた。

迷子になったと困り果てた様子の少年の手を取り、広間に向かう回廊まで連れていった。

その時に少年から礼だと渡された細かな刺繍が施されたストールを、アデルは今も大切に持っている。思えばあの独特の刺繍はイズタールの工芸品ではなかったか――。

「青い瞳の少年……」

ぽつりと呟きアデルはウィルフリードを見つめた。

夏空のような青い瞳と、金色の髪をした少年――。

確かにウィルフリードはあの少年と同じ色の瞳をしている。けれど、ウィルフリードの髪は同じ金でも枯れた麻のような色だ。肌も白くはあるがあの少年のように透けるような白さではない。

だが——。

「ウィルフリード。おまえの肌は本当はもっと白いのか？　髪も……もっと金色で……」

「ん？　ああ、これか？　軍を率いてるもんでどうしても肌も髪も焼けてしまうんだ。イズタールの日差しはラートランの比じゃないくらい強いからな」

言いながらウィルフリードが服の胸元を少しはだける。

寝所にやってきた際には暗くて気づかなかったが、日に晒されていないウィルフリードの肌はあの少年と同じくらいの透けるような白さだった。

まさかと思ったが間違いない。

あの時の青い目の少年はウィルフリードだ。

「あ……」

そう思った途端、胸の奥が締め付けられるような感覚に苛まれた。腹の奥がじくじくと疼き、思わず自分で自分の体を抱き締める。

発情期特有の感覚に、アデルは体を小刻みに震わせた。これ以上ここにいてはいけないと理性が警鐘を鳴らす。

「どうしたんだ？」

アデルの様子を訝ったウィルフリードが顔を覗き込もうとする。弾みではだけた衣服の間から筋肉が盛り上がった胸と淡い色の乳暈《にゅううん》が見え、アデルはごくりと喉を鳴らした。

それを目にした瞬間、体が一気に熱くなった。淫靡《いんび》な劣情が全身を駆け巡り、アデルに流れるオメガの血が滾り始める。

欲しい――。

芽生えた感情はただそれだけだった。

この男が――このアルファが欲しい。

胸に並んだ乳暈にむしゃぶりつきたい衝動に駆られ、アデルはそろりとウィルフリードに手を伸ばした。肌に触れる寸前で慌ててその手を引っ込める。

触れたいのは乳暈だけではなかった。ウィルフリードの牡の楔に触れたい。屹立《きつりつ》した肉茎を口に含み、後孔に受け入れ、欲望のまま嬌態を繰り広げたい――。

次々に湧き出す淫らな感情が抑えられなかった。性器もゆるゆると勃ち上がり始めている。このままでは本当にウィルフリードを押し倒して、体を貪りかねない。

「アデル？　大丈夫か？　具合でも悪いのか？」

心配そうな声に慌てて首を横に振り、アデルは茶器をテーブルに置いた。

「す……すまない。今日はこれにてお暇《いとま》する。まだ執務が残っているので……」

急いで立ち上がったアデルは、訝るウィルフリードから逃げるように部屋を出た。

＊＊＊

回廊を抜け、私室に向かいながらアデルは嘘だと心の中で叫んだ。

あの初夏の日、白百合が咲く庭園で出会った少年は間違いなくウィルフリードだ。

アデルに流れるオメガの血を呼び覚まし、淫紋を浮かび上がらせた運命のアルファ。番となるアルファならばいつか自分の前に現れてくれ。そう願い続けた彼はウィルフリードだったのだ。

「嘘だ……そんなの……嘘だ……」

私室の一番奥の部屋の扉を開け、アデルは寝台に突っ伏した。

先ほどから体の疼きが止まらない。

ウィルフリードの肌を目にした瞬間、体の中で殻《から》がはじけた。

この感覚は何度も経験している。発情期が訪れる時にだけ感じる自分が自分でなくなる瞬間だ。けれど、今日のそれはいつもと全く様子が違っていた。

オメガの血を呼び覚ました運命の番と再びまみえてしまった。その喜びで体が歓喜に打ち震えている。あのアルファの子を宿せと、アデルの心が、そして体が叫んでいる。

帯を解き、衣服をはだけたアデルは自身の下腹部に目を向けた。

「あ……ぁ……」

臍のやや下に赤い文様がくっきりと浮かび上がっている。

発情期にだけ浮かび上がる蔦が絡み合ったような文様。いつも以上に赤く染まっている呪われたオメガの淫紋を見下ろし、アデルは唇を震わせた。

「嫌だ……嫌……」

赤々と浮かび上がった淫紋の下で性器が形を変えて勃ち上がっている。

自身が放つむせかえるような牡の匂いに目眩《めまい》がした。

これはアルファを誘う匂いだった。オメガの血が運命の番となるアルファを求めて滾り、アデルを激しい劣情へ向かわせようとしている。

硬く変化して反り返った性器に指を絡め、アデルは枕に顔を押しつけた。

「あ……ぁ……、あ……もう……嫌だ……、助けて……くれ……、誰か——」

誰か——。

脳裏に浮かんだ『誰か』は金色の髪をした少年だった。それが一瞬でウィルフリードの姿に変わる。

獅子のような男の姿を思い出し、アデルは反り返ってしまった性器をしごき上げた。

「は……あっ……、あ……ウィルフリード……」

名を呟くと手の中で性器がいっそう硬くなった。とろりと溢れ出した先走りがアデルの指を濡らしていく。

「あ……ぁ……、ウィルフリード……ウィルフリード……」

何度もウィルフリードの名を呟きながらアデルは性器を擦り上げた。程なく絶頂感が訪れ白濁が迸《ほとばし》ったが、それでも体を苛む劣情は全く治まらない。性器だけにとどまらず、後孔までがひくひくと蠢《うごめ》き始めている。

一度も営みとして使ったことのないそこがアルファを求めて疼き、アデルは唇を噛み締めた。湧き出す劣情が止められない。まるで体に火をつけられたようだった。

始まってしまった発情は自らの意思で止めることができない。どれだけ自慰を繰り返そうとも発情期が終わるまでこの狂わんばかりの淫らな欲望に苛まれ続けることになる。

「もう……嫌だ……」

嫌だと何度も繰り返しながらアデルは嗚咽《おえつ》した。

惨《みじ》めだった。

発情し、淫らな肉の棒と成り果てた性器を自らの手で慰め続けなければならないこの惨めさは、誰にもわからないだろう。何度吐精しようとも次から次へと欲情が湧き出し、ひたすらアルファの精を求めて乱れるしかないこの悔しさは誰にも理解できないだろう――！

「助けて……くれ……」

滴り落ちた白濁を手に絡みつかせ、アデルは呟く。

「ウィルフリード……助けて……助けてくれ……！」

運命の番だというのなら今すぐこの体の疼きを止めてくれ――！

そう心の中で叫びながらアデルは欲望に乱れた自身の性器を慰め続けた。


その日の夜からアデルは私室の奥に籠もった。

警護の兵にも部屋に近づかないようゲルトに言いつける。アデルの発情期を察したゲルトは何も言わずに部屋の扉に鍵をかけた。

「アデル様……どうかお許しを――」

扉を閉める直前、ゲルトがそう呟いたような気がする。

けれど、発情の熱に浮かされたアデルにはその声すらもよく聞こえていなかった。

7

私室の奥に籠もったアデルを待っていたのは地獄の苦しみだった。

発情の熱は数日で治まる。けれど、そのわずか数日がアデルにとっては気が触れてしまいそうな時間の連続なのだ。

昼夜を問わず体は滾りっぱなしだった。どこをどう刺激しても淫らな劣情が絶え間なくアデルを責め続ける。胸に並ぶ乳暈さえもぷくりと隆起し、布が触れただけで痺《しび》れるような快感に襲われて肌が粟立《あわだ》った。

「あ……ぁ……、ふ……う……ぅ……」

寝衣の上から乳暈を摘まんだアデルは、尖《とが》ってしまった乳首をこりこりとしごいた。それだけで性器から白濁が迸る。激しい情欲が次々に襲いかかり、アデルは涙を零しながら自分自身を慰めた。

こんな姿など誰にも見せられなかった。

発情期の熱に乱れ悶える王の姿など、家臣にも民にも決して見せるわけにはいかない。

「は……あ……、はっ……ぁ……、ふ……ああっ——！」

キンと耳鳴りがしアデルは嬌声を上げた。

乳首をしごいているだけだというのに、絶頂感が幾度となく訪れる。きつく摘まみすぎたのか、乳首も乳暈も赤くなって腫《は》れていた。そのせいで、余計にそこが敏感になりアデルを苛む。

「は……あっ……、はっ……ぁ……はっ……」

もう息をするのも苦しかった。なのに体は発情の熱に冒されて滾り続ける。長い黒髪を乱したアデルは、寝台の脇の机にそろりと手を伸ばした。

これだけは手に取りたくないと思っていたが、体はもう限界だった。

そこに置かれた箱の蓋を開けて、中から布に包まれたものを取り出す。細長いそれは、男根を模した木製の淫具だった。

発情した体を慰めるための淫具をゲルトは密かにこの部屋に置いてくれた。辱めを受けたような気がして最初こそ怒りもしたが、そんな怒りなど発情の前では一瞬で吹き飛んだ。

滾る体はそんな紛い物の男根でさえ喜んで受け入れる。発情期が来る度に、アデルは潤滑の油で濡らしたそれでアルファを求めて疼く後孔を慰めた。

薄明かりの中では木製のそれがまるで本物の屹立のように見える。それをうっとりと見つめたアデルは、亀頭を口腔に招き入れた。

「ふ……ぅ……、う……んっ……」

亀頭冠を舌でなぞり、先端を舐《な》め上げる。たったそれだけで後孔がひくひくと蠢き始め、堪えきれずにそこに指を這わせた。少しだけ指を挿入すると、それを異物とみなした肉襞がきゅっと締まる。肉の愉悦に体が震え、腰が跳ね上がった。

「あっ……ああっ――」

嬌声を漏らし、アデルは再び精液を迸らせた。淫具を後孔に挿入するまでもなく絶頂に達した体が激しく痙攣《けいれん》する。

「は……ぁ……、あ……も……ぅ……狂う……」

本気で気が触れてしまいそうだった。

この体の疼きは今までの発情期とは全く違っていた。いつもならば数回の自慰で少しは治まる劣情が、今日は全くやむ様子がない。それどころか、より強い刺激を求めて体の芯が滾りだす。

いったい自分に何が起きているのか、終わりの見えない快楽にアデルは恐怖した。

「助けて……くれ……、もう……おかしくなる……」

性器を白濁でしとどに濡らし、アデルは身悶えた。

何度も吐精したせいで、部屋には濃厚な牡の匂いが漂っている。自分が放つその匂いさえも媚《び》薬《やく》となって、アデルをより淫らな快楽へと導こうとした。

「は……ぁっ……、はっ……あ……ふ……、あ……」

寝台に横たわり、アデルはひたすら淫猥《いんわい》な行為に没頭した。淫具を口に咥《くわ》え、寝衣の前をはだけて性器をしごき上げる。普段ならばとても口にできないような卑猥な言葉を口にし、アデルは嬌声を上げ続けた。

絶頂感が突き抜ける度に頭の中を掻き回されているような錯覚にさえ陥る。

そんなアデルが部屋の扉の鍵が開けられる音に気づくはずもなかった。


ふわりと寝台を覆っている布が揺れ、アデルは前をしごいていた手を止めた。

窓も厳重に閉められている部屋に風が起きることなどない。風が起きるとすれば、出入り口の扉が開いた時だけだ。

その扉もゲルトに言って鍵をかけさせた。鍵がなければ、中にいるアデルが扉を開かない限り外から部屋に入ることができない。そして、その鍵を預けているのはゲルトただ一人だ。

アデルが発情している間、ゲルトが扉を開くことは絶対にない。なのに、その出入り口の扉が大きく開いている。

「どうして……」

開いた扉から明かりが漏れ入り、扉が閉ざされると明かりも消えた。同時に寝台を覆う薄布の揺れも止まる。

扉の前に誰かがいる。そう思った途端、背が震えた。

「あ……」

ざわりと這い上がってきたのは淫靡な熱だった。それがじわじわと体を侵食し始める。

「アデル――?」

名を呼ばれまたもや震えが来た。

耳の奥に染み入るような声に体が嫌というほど反応する。心臓が口から飛び出すのではないかというほど激しく脈打ち、アデルははだけた寝衣の前を掻き合わせた。

そんなはずはない。ウィルフリードがここにやってくるはずがないのだ。

王の居室は厳重な警備がされている。執務室はもちろん、私室はなおさらだった。

私室の前、そして寝所の前にも警護の兵が立っている。さらにその奥にあるこの部屋は、宰相であるゲルトしか持っていない鍵で扉が閉ざされているのだ。

だが、部屋に入ってきたのは間違いなくウィルフリードだった。

手燭を手にしたウィルフリードがゆっくりと寝台に近づいてくる。再び寝台を覆う薄布が揺れ、アデルはとっさに叫んだ。

「く……来るな！」

手にしていた淫具を枕の下に隠し、アデルは大きな寝台の一番奥まで後ずさりをした。

「誰も入ってくるなと言ったはずだ！　どうして――」

言うと同時に薄布が大きく開く。

目に飛び込んできたのは金色の髪だった。手燭の明かりに照らされたそれが、淡い光を放って輝いている。

「大丈夫か、アデル」

耳に届いたのは心配げな声だった。だが、それは今のアデルにとって苦痛でしかない。

アルファの声に体が反応する。わずかな息遣いや匂い、部屋を暖める体温、ウィルフリードの全てが発情の熱に浮かされるアデルを責め立てる。

「どうして来た……誰も入るなと言っておいたのに……どうして……」

「ラートランの宰相がやってきて、あんたが俺を呼んでいると鍵を渡されたんだ。だから――」

「ゲルトが……？」

部屋に籠もる直前に見せたゲルトの意味深な表情を思い出し、アデルは愕然とした。

裏切られた――。

とっさにそう思ったが、否とアデルは心の中で嘆息した。

ゲルトは裏切ったわけではない。ラートランの宰相として、国の行く末を案じる重臣として為すべきことをしただけだ。

アデルの腹にイズタールの王族であるウィルフリードの子を身ごもらせるために――。

「アデル」

「く……来るな……」

近づこうとするウィルフリードから目をそらし、アデルは言った。

「今すぐ出て行け！　でないと私は――」

言い終わる前にウィルフリードが手燭の明かりを消した。

部屋が一瞬暗くなり、ウィルフリードの姿が見えなくなる。直後に寝台がわずかに揺れた。

「アデル――」

ふいに手を摑まれ、アデルは思わず小さく声を上げた。慌ててウィルフリードの手を振り払い、寝台から飛び降りようとする。だが、それを阻《はば》むかのようにウィルフリードの腕に抱き込まれた。

ふわりと漂ってきた香りに息を吞んだ。甘いような、それでいて刺激的でもある香り――。

寝台に飾られる花の匂いにも似たこの香りはアルファが放つ香りなのだろうか。

それに鼻腔をくすぐられ頭がじんじん痺れ始めた。

「は……放せ……！」

言いながらも体から力が抜けていく。いつもならばこれくらいの抱擁など簡単に解くことができただろう。なのに、先ほどのように手を振り払うことすらできなくなっている。

「放せ……私から……離れろ……」

「発情期が来たんだろう？　苦しいんじゃないのか？　オメガが発情期に誰とも交わらずにいると狂い死にすることもあると聞いているぞ」

言われて思わず唇を嚙み締めた。

苦しいに決まっている。死にはしないが、激しい性的衝動に駆られて心が壊れそうになる。それだけではない。誰でもいいから交わりたいと思う浅ましい自分を殺してしまいたくなるのだ。

発情に疼く体はどれだけ自慰を繰り返そうとも全く治まる気配がなく、今のこの瞬間もアデルを苛み続けている。体が狂わんばかりに滾っているのに、こんな風にアルファに抱き締められていては、わずかに残っている理性が吹き飛んでしまいそうだった。

「放せ……！　放してくれ……！」

ウィルフリードから目をそらしたままアデルは言った。

「私に触るな……今すぐ部屋から出ていけ……！」

拒絶の言葉を口にしながらも体は正直すぎるほど反応していた。

抱き締められているせいでウィルフリードの体温が肌に伝わってくる。心音が聞こえてくる。漂ってくるアルファの匂いが鼻腔に満ちる。ウィルフリードの全てを求めて体の芯が滾り、性器が勃ち上がろうとする。

もう耐えられなかった。これ以上ウィルフリードに触れられていては、きっと自分はアルファを求めて乱れる淫獣になってしまうだろう。

「その手を放せ！　私から離れろ！」

「アデル――」

「頼むから……放してくれ……！　でなければ私は獣になる……おまえは……おまえはそんなにも私を獣にしたいのか――！」

言った途端、涙が溢れた。

ウィルフリードにこんな姿を見られたくなかった。

ウィルフリードには王としての自分の姿を見てほしかった。発情の熱に浮かされて醜態を晒すオメガの自分ではなく、王として、そして一人の男として相対していたかったのだ。

なのに、発情期に入った体は、こんなにも目の前のアルファを求めて淫らに滾ろうとする。

オメガの血は、アデルの王としての尊厳、そして、くだらないことかもしれないが男としての尊厳さえも踏みにじろうとする。

こんな姿を見られることがアデルにとってどれほどの辱めなのか、ウィルフリードは露ほども理解していないのだろう。それがまたアデルをいっそう苦しめた。

「おまえは……どうして私を辱めるのだ……」

「辱める？」

「ああ、そうだ……こんな姿など見られたくなかったのに……こんな……淫らな姿など……」

ぽとりぽとりと零れ落ちた涙がアデルの寝衣を濡らしていく。だが、それを拭う気もしなかった。惨めさと悔しさで嗚咽が瘧《おこり》のようにせり上がってくる。

「楽しいか……？　私が……発情したオメガがこんな風に乱れる姿を見て楽しいか……？」

眦《まなじり》から涙を溢れさせ、アデルはきっとウィルフリードを睨み上げた。

「オメガは所詮こういうものだと……アルファを求めて浅ましく欲情するのだと……どうせおまえも他の者たちのように笑っているのだろう……！」

淫具を片手に自慰をしている姿を見られてしまった。男根を模した淫具を口にしたアデルが性器を勃たせて喘《あえ》ぐ姿は、さぞ淫らで見応えのある嬌態だっただろう。

「満足か……？　私を辱めて……満足したか？」

そう口にするとまた涙が零れ落ちた。ウィルフリードの前で泣いていることが腹立たしく、抱擁の手を振り払ったアデルはウィルフリードの体を力任せに突き飛ばした。そのまま手元の枕をウィルフリードに投げつける。

「うわっ……」

「発情した私の姿はさぞ楽しかろう！　やはりおまえも他のアルファと同じではないか！」

大ぶりの枕をもう一つ投げつけると、先ほど隠した淫具が寝台から転がり落ちた。それが床に転がる音を耳にした途端、羞恥心で顔がかっと熱くなる。慌てて床から目をそらし、アデルは寝台に突っ伏した。

どれだけ堪えようとしても涙が溢れてくる。泣いている自分が悔しくて、醜態を晒してしまった自分が恥ずかしくて、このまま消えてしまいたい気分だった。

「こんな恥ずかしい姿など……おまえにだけは絶対に見られたくなかったのに……」

嗚咽しながらも体はウィルフリードを求めて滾ったままだった。それがいっそうアデルの心を苛む。発情の熱に浮かされてアルファを求める淫獣と化した自分が呪わしくてたまらなかった。

「もう……このまま……消えてしまいたい……」

思わずそう呟くと、ウィルフリードがそっとアデルの髪に触れた。

乱れた髪を撫でるように梳《す》かれ、驚いて顔を上げる。

目に飛び込んできたのは澄んだ青い瞳だった。空と同じ色の瞳に見つめられ、心臓がどくんと脈打つ。

「泣くなよ。あんたにそんな風に泣かれたら、俺はどうしていいのかわからなくなるだろう」

心底困ったような口調でそう言い、ウィルフリードが肩にかけていたストールを抜き取った。

「ほら、涙拭けって。いい年した男がめそめそ泣くな」

金銀の糸で刺繍がされたそれを差し出し、ウィルフリードが笑みを浮かべている。

あの時と同じだと思った。

十六年前、アデルを『お姉さん』と呼んではにかんでいた青い目の少年。

案内をしてくれた礼だと言って、自分が肩にかけていたストールをアデルに差し出した。ウィルフリードの瞳はあの少年のものと全く同じだ。

やはりそうだ。ここにいるのはあの時の少年で間違いない。

待ちわびたあの少年が大人になり、アデルの番になるべく再び目の前に現れたのだ。

「やはり……おまえがそうなのか……？　おまえが……」

思わず呟くと、ウィルフリードが何のことだと首を傾げる。だが、それ以上の追及はせず、ウィルフリードはアデルの頬に手を伸ばした。涙の跡が残る頬を指でなぞり、ふっと柔らかく微笑む。

「泣くなよ。何も恥ずかしいことなんかないだろう。こんなの、ただの生理現象だ」

そう言って笑ったウィルフリードがつとアデルの手を取った。

「恥じることなんて何もない。もしもアデルがどうしても恥ずかしいというなら俺も一緒に恥をかいてやる。嬌態を繰り広げるというなら、俺はもっと淫らに乱れてやる」

「ウィルフリード……」

「何も恥ずかしいことなんかない。恥ずかしいのはむしろ俺の方だぞ」

言いながらウィルフリードが衣服の帯を解いた。裾を軽くはだけ、アデルの手を肌着の上から自分の下腹部に導く。手に触れたのは形を変えた男根だった。

「あ……」

肉の弾力が布越しに伝わり、アデルはとっさに手を引いた。

「な？　みっともないだろう？　俺は発情期でも何でもないのに、アデルの側にいるだけで興奮してここをこんなに硬くしてるんだ。恥ずかしいというなら俺の方がよほど恥ずかしいだろう」

苦笑交じりにそう言い、ウィルフリードが衣服の前を完全にはだける。

「ほら、もうこんなに勃ってしまってるんだぞ」

言われて視線を落とすと、ウィルフリードの下腹部で大きな楔がそそり勃っているのが見えた。それは先端がむき出しになった牡の楔だった。先端を反り返らせた男根が、牡を強調して屹立している。

木製の淫具などではない正真正銘の牡の象徴――。

肉欲的なそれを目にした途端、血が沸騰したように体が熱くなった。

布越しとはいえ他人の性器に触れたのは初めてだった。むろん、こんな風に勃起している他人のものなど見たこともない。

天を衝くように勃ち上がっているそれをアデルは茫然とした面持ちで見つめた。

これがアルファの性器なのだろうか。自分のものとは明らかに大きさも形も違う凶暴な牡の証を見せつけられ、ごくりと喉が鳴った。

湧き出したのは欲しいという感情だった。

これが欲しい。この大きな楔を体の中に受け入れ、迸る精液を浴びるほど味わいたい――。

そう思った瞬間、アデルの性器がぐんと反り返った。

つい先ほど達したばかりだというのに、ウィルフリードを求めて体がじんじんと疼きだす。

自分の耳を塞《ふさ》ぎたくなってしまうくらい淫らな声でアデルはウィルフリードを呼んだ。

「ウィルフリード……」

我慢などとっくに限界に来ていた。下腹部に浮かび上がるオメガの淫紋も、アルファを目の前にして先ほど以上に赤く染まっている。

欲しい。これが、欲しい。このアルファの精が欲しい――。

発情したオメガの体が、アルファを前にしてそう叫ぶ。

腹の奥から欲望がこみ上げアデルはウィルフリードの下腹部に手を伸ばした。硬い肉茎に恐る恐る指を這わせると、ウィルフリードが小さく吐息を漏らす。

先端の小さな割れ目に触れた途端、それが跳ね上がった。先走りを滲《にじ》ませていっそう硬く反り返った肉茎を見つめ、アデルはぽつりと呟いた。

「おまえは……酷い男だ……」

そう言ってウィルフリードの性器に指を絡める。自分の手首ほどありそうなそれを、アデルは自慰をするようにゆっくりと擦り上げた。

「アデル……」

吐息交じりのウィルフリードの声に、ますます気持ちが昂ぶった。

感じているのだろう、ウィルフリードの性器の先端から透明な露が滲み出してくる。指を濡らしたそれを舐め取ってしまいたい衝動に駆られ、アデルはウィルフリードの肩に手を置いた。訝るウィルフリードをそのまま寝台に押し倒し、膝に跨《また》がる。

「ア……アデル？」

「責任を取って貰うぞ……」

「責任？」

「そうだ。おまえは私を誘った。発情期のオメガを誘うことがどれほどの罪なのか、その身で思い知ればいい――」

そう言ったアデルは、驚愕に目を見開いているウィルフリードの唇に自分の唇を押しつけた。

8

金の髪に指を絡ませながら、アデルはウィルフリードの唇を覆った。以前ウィルフリードにされたように深く口づけ、舌に舌を絡ませる。舌先で口蓋を撫でると、ウィルフリードの性器がぴくりと震えた。

反り返ったそれがアデルの性器に当たる。互いの裏筋が擦れ合う快感に悶えながら、アデルはウィルフリードの唇を貪った。

「ん……んっ……ぅ……、ふ……」

唾液が絡まる湿った音を立てて歯列をなぞり、舌を吸い上げる。激しく口づければ口づけるほどウィルフリードの性器が大きく硬く変化し、ますます気持ちが昂ぶった。アデルの性器もウィルフリードと同じく硬く張り詰め、溢れ出した先走りが竿を中ほどまで濡らしている。

ふいにウィルフリードを口づけから解放したアデルは、ゆっくり体を起こすとそのまま下腹に手を伸ばした。屹立している互いの性器を両手で包み、まとめて擦り上げていく。

「お……おい、アデル……」

ウィルフリードが焦った声を上げたが、それを無視してアデルは淫らな行為に没頭した。

「あ……ふ……、あっ……あぁ……」

手を動かす度に互いの裏筋が擦れ合い、じんじんと痺れるような快感が湧き出してくる。快感で下腹部のあたりが熱くなり、尻の肉がきゅっと締まった。

「は……あぁ……、気持ち……いい……」

譫言《うわごと》のように呟きながら、アデルは前屈みになってウィルフリードの唇をついばんだ。

自分の屹立をウィルフリードのそれに擦りつけ、先走りで濡れた先端を擦り合わせる。二本の牡の楔は、互いが溢れさせる露でしとどに濡れていた。

完全に凶暴な牡の楔と化したウィルフリードの肉茎が手の中で時折びくりと跳ねる。その力強さを感じながら、アデルはうっとりと目を細めた。

「欲しい……ウィルフリード……、おまえの……これが欲しい……もう……」

我慢できない――。

最後の言葉を口にしないまま体を下にずらしたアデルは、ウィルフリードの足の間に顔を埋めた。

「ア……アデル……」

驚くウィルフリードに淫靡な笑みを向け、アデルは太い肉茎に唇を押しつけた。口を開いてそのまま先端を口腔に招き入れる。

「う……ん……、ぅ……」

木製の淫具とは全く違う硬さが口腔に伝わると同時に、鼻腔に濃厚な牡の匂いが抜けた。それを感じた途端、体がかつてないほど激しく疼き始める。腰から背中までぞくぞくしたものが這い上がり、アデルはうっとりと目を細めた。

今まで何度も発情期を迎えてきたが、こんな気持ちになったことは一度もない。体が疼くのは同じでも、これほどまでに男の――アルファの精が欲しいと思ったのは初めてだった。

「すごい……ここが……こんなにも硬くなっている……」

ウィルフリードの肉茎に指を絡め、竿を擦り上げていく。口腔に収まりきらないそれに唇を押しつけたアデルは、そのまま裏筋をじゅっと吸い上げた。

いきなり強い刺激を与えたせいか、ウィルフリードが声を上げて白濁をわずかばかり迸らせる。亀頭に絡みついた濃厚な精液を、アデルはまるで蜜を味わうかのように舌でねっとりと舐め取った。

「お……あっ……」

鼻腔に牡の匂いが満ちていく。それにさらなる欲情を掻き立てられ、アデルはそこを激しく吸い上げた。舌先で鈴口を抉《くじ》り、そのまま亀頭冠を辿る。ウィルフリードが時折上げる艶っぽい喘ぎ声に煽られて、アデルの体はますます熱くなった。

性器を刺激する度に獅子の鬣のような髪を乱しながらウィルフリードが吐息を漏らす。筋肉が盛り上がった胸にうっすらと汗を滲ませて喘ぐその姿に、どうしようもなく心を掻き乱された。

これまでもアデルの前に何人ものアルファの男たちが求婚に現れた。ウィルフリードよりもずっと見目のよい男もいた。身分が高い者もいた。だが、誰一人としてアデルの心を動かす者はいなかった。けれど、ウィルフリードは違った。

謁見の間で初めて姿を見た時から――いや、姿を見る前からアデルの体はこの男を欲していたのだ。あの時足元から這い上がってきた恐怖感に似たもの。その正体はオメガの血が番となるこのアルファを求める叫びだった。

この男こそおまえが待ち望んだ運命の番となるアルファなのだと、アデルに流れるオメガの血がそう叫んだのだ。

「ウィルフリード……」

金獅子のごとき男を見上げ、アデルは吐息を漏らす。

「おまえが欲しい……このまま体を繋げたい……」

そう呟くと、ウィルフリードがごくりと喉を鳴らした。

アデル同様にウィルフリードも限界なのだろう。硬くなった性器は先ほどからずっと滾り続けて露を漏らしている。

「ウィルフリード……」

アデルは恍惚《こうこつ》とした笑みを浮かべて体を起こした。ウィルフリードの膝に再び跨がり、青い瞳を覗き込む。

夏空のような青い瞳を見ているだけで下腹がじくじくと疼いた。後孔も早くここを埋めてくれといわんばかりに牡を求めて蠢動《しゅんどう》している。

これ以上焦らされては本当に気が触れてしまいそうだった。ウィルフリードがここにいなければ、とっくに自分の指や淫具で後孔を掻き回していただろう。

ウィルフリードの膝に跨がったまま、アデルは寝台の脇に据えられた台に手を伸ばした。そこに置かれている小瓶を手に取り、中の液体をウィルフリードの肉茎に垂らす。

潤滑の油でウィルフリードの亀頭や竿を濡らし、アデルはそれをゆっくりと擦り上げた。

「お……ぁ……」

亀頭冠を指で辿るとウィルフリードが甘い声を漏らす。その声に煽られ、いっそう気が昂ぶった。

「ウィルフリード。おまえの……アルファの男根で私の体を慰めてくれ……」

硬く屹立した肉茎に手を添えたアデルは、それを後孔に導いた。そのまま腰を落とすと、先端が狭い肉の輪をこじ開けようとする。

「うっ……く……」

そこを無理矢理広げられ、痛みで思わず腰を浮かした。

ウィルフリードが欲しいと思ったが、淫具とは比べものにならない大きさの牡をそう簡単に受け入れられるはずもない。なのに体はアルファの性器を求めてしくしくと疼き続ける。

こんな大きなものが本当に入るのだろうか。そう思いつつ、アデルはもう一度腰を落とそうとした。だが、それを寝台に横になっていたウィルフリードが引き留めた。

「焦るなよ」

苦笑交じりにアデルを引き寄せ、背をぐっと抱き締める。

「初めてなんだろう？　だったら無茶なことをするな」

そう言ったウィルフリードが、背を抱いている手をアデルの尻に向かって滑らせた。丸みのある双丘を撫で、その手をそっと中心の窄《すぼ》まりに向かって這わせていく。

後孔に指の感触が伝わり、アデルはびくっと体を震わせた。

「あ……」

潤滑の油で濡れたそこをウィルフリードの指が撫で回していく。そこからじわりと快感が湧き出し、とっさにウィルフリードにすがりついた。

「ウィ……ウィルフリード……」

「初めてだったらちゃんと慣らしておかないとな」

言いながらウィルフリードがひくひくと蠢く窄まりに指先を挿入させた。浅いところでぐるりと指を回された途端、腰が跳ね上がる。だが、ウィルフリードは逃がさないとばかりにアデルの腰を強く押さえつけた。

「あっ……、あっ……ぁ……、ふ……」

ウィルフリードの指が後孔を出入りする度にくちゅくちゅと湿った音が聞こえる。淫らなその音を立てられることがたまらなく恥ずかしく、アデルは激しく頭を振り立てた。まるでその音に耳の奥を犯されているような気分だった。

「い……や……ぁ……、あっ……あっ……」

やがて後孔がほぐれ始めたのか、ウィルフリードが指をもう一本挿入させる。狭い肉の輪をぐいっと広げられ、アデルは息を呑んだ。

「あっ……う……、く……ぅ……」

「痛いか?」

尋ねられ、一瞬だけ逡巡《しゅんじゅん》し首を横に振った。

痛みではない。けれど、何かがそこから湧き出そうとしている。

痛くないと伝えたアデルに「そうか」と微笑み、ウィルフリードが二本になった指をゆっくりと回した。

再び痛いかと尋ねられ、また首を横に振る。痛みはなかった。代わりに、腹の奥から甘い快感の熱が降りようとしている。

「あ……ぁ……、は……ぁ……」

ウィルフリードの指を咥えているそこがひくひくと蠢き始め、アデルは吐息を漏らした。

違う。欲しいのはそれではない。欲しいのは指などではない。

アデルが欲しいもの。それは、発情の熱に浮かされたこの体を満たしてくれるアルファの雄々《おお》しい男根だ。

「ウィルフリード……」

瞳を欲情に濡らしながらアデルはウィルフリードを呼んだ。

欲しい。そう目で訴えかけると、ウィルフリードが「わかった」と柔らかく微笑む。

「痛かったら言ってくれ。やめるから——」

言いながらウィルフリードが指で少し広げられたそこに先端をあてがった。

先端が触れたと思った次の瞬間、くちゅっと湿った音がした。

肉の輪を限界まで広げられ、とっさに腰を浮かせる。だが、そのままぐっと背を抱き締められアデルは目を見開いた。

「あ……あぁっ……！」

大きく張り出した亀頭冠が狭い窄まりを広げている。

ふいにずぶりとそれが中に入り込み、息を呑んだ。後孔を慰めていた淫具よりもはるかに大きなもので肉の輪を広げられ、喉をのけぞらせる。

「あ……あ……、あ……う……、ああっ――！」

挿入された瞬間は痛みを感じた。けれど、その痛みは一瞬だった。潤滑の油で中が滑り、後孔がウィルフリードの肉茎をずるずると奥まで呑み込んでいく。

入った――。

そう思った途端、圧倒的な質量に満たされ体が硬直した。

次にやってきたのは抗《あらが》い難い快感だった。中を満たすそれがアデルの快楽の源を突いている。

そこをほんの少し擦られただけで、強烈な快感の熱に包まれ、アデルは絶叫した。

「ああっ――！　あ……ぁ……、はっ……ぁ……ぅ……、あぁっ……はっ……」

まともに息ができなかった。淫らな声を上げていると思ったが、それを堪えることもできない。

かつて感じたことのない強い快楽に翻弄され、アデルはウィルフリードにすがりついた。

「あぁ……あっ、ふ……ぁ……、ああっ……ウィルフリードっ……」

ウィルフリードが少し体を揺らしただけで、絶頂感がこみ上げてくる。次から次へと押し寄せてくる快楽の波に揉まれ、アデルはたまらずウィルフリードの肩に額《ひたい》を押しつけた。

「痛くないか?」

尋ねられたが返事をすることすらできない。ただ頷くばかりのアデルの背を抱いていたウィルフリードは、その手を双丘に滑らせた。尻を割り広げるように開き、肉の輪に挿入している楔を激しく抜き差しする。

「あ……ぁ……あっ……、ふ……ぅ……ああっ——!」

広がった結合部を擦り上げられ、アデルは髪を振り乱して嬌声を上げた。

ウィルフリードの性器が湿った音を立てて狭い後孔を出入りしている。肉壁を擦られる度にアデルの性器から透明な露がぽとりぽとりと零れ落ちた。それがアデル自身の腹とウィルフリードの腹を濡らしていく。

「あ……あっ……、ウィルフリード……そこ……もっと……」

思わず要求の言葉を口にしたアデルにウィルフリードが笑みを浮かべた。恥ずかしいという気持ちよりも快感への欲望が勝り、アデルはそのままウィルフリードに口づけた。

金色の髪を乱した頭を掻き抱き、深く唇を覆う。そんなアデルを抱き締めたウィルフリードは、アデルの舌に舌を絡ませつつずくずくと後孔を突き上げた。

「あ……あっ……、ふ……あぁ……」

漏れ出す喘ぎを抑えることができない。太腿《ふともも》や膝ががくがくと震えだし、アデルは堪えきれずウィルフリードの背に爪を立てた。

「あぁ……ぁ……気持ち……いい……」

「アデル……どうしてほしい？」

ふいに尋ねられ、アデルはゆっくりと顔を上げた。

見えたのは金糸のような髪と空色の青い瞳だった。

金の鬣を揺らす獅子が笑っている。その獰猛な笑みを見つめつつ、アデルもまた笑みを浮かべた。獣だと思った。自分だけはない。ここにも番を求める一匹の獣がいた――。

「ウィルフリード……」

「言っただろう。恥ずかしいなら俺も一緒に恥をかくと。おまえよりももっと乱れてやると。言えよ、アデル。どうしてほしい――？」

誘いの言葉に神経がじわりと焼かれていく。

「もっとだ……」

喘ぎ交じりに呟き、アデルはウィルフリードを見据えた。広い背を強く抱き、唇を唇に押しつける。

獲物を食らうように唇を貪り、アデルは叫ぶように言った。

「もっとだ、ウィルフリード……もっと激しくしてくれっ……、私の中を……おまえの男根で掻き回して……おまえの精で満たしてくれ……！」

言うと同時に下からずんと突き上げられた。アデルの中に入り込んでいた肉茎が、いっそう奥へと挿入される。奥の襞を擦り上げられ、アデルは目を見開いた。

尻にウィルフリードの下腹部が当たっている。全て収められたのだと思うと同時に、ウィルフリードが腰を揺らしてそこをぐりぐりと押し上げ始めた。

「あ……あ……、は……あっ……あっ……、ああっ——！」

湧き出したのは強い射精感に似たものだった。けれど、白濁は迸らず、全身が総毛立つような快感だけが体中を駆け巡る。

強烈な快感から慌てて逃げようとしたが、膝が震えて腰を上げることも下げることもできなかった。あの大きなものが自分の中に全て収められているのだと思っただけで気が爆《は》ぜてしまいそうになる。

「逃げるなよ、アデル……もっと満たしてやるから——」

アデルの腰を抱いたままウィルフリードが下から突き上げてくる。またもや快感の波が押し寄せ、アデルはひっと喉を鳴らした。間髪を容れずに訪れた絶頂感に激しく身を捩らせる。

腰を押さえ込まれたままぐいぐいと快感の源を押し上げられ、アデルは嬌声を上げて髪を振り乱した。

「は……あっ……あ……、ああっ……！」

ぐちゅぐちゅと湿った音が耳に届く。ウィルフリードの男根で中の襞を掻き回され、淫らなその音にさえ気持ちが昂ぶった。

「あ……ぁ……そこ……気持ち……いい……、ウィル……フリード……」

奥の襞を引っかけるように硬い楔が熟《う》れた肉壁を撫で上げていく。アデルの性器もまた与えられる刺激で硬く張り詰めていた。ウィルフリードが腰を突き上げる度にその性器が揺れ、より深い法悦に体が満たされていく。

「あ……ぁ……、もう……」

限界を訴えるアデルにウィルフリードがふと笑みを浮かべた。獰猛な笑みを向けられ、体の芯がぞわりと震える。

「ウィ……ウィルフリード……?」

「知らないようだから教えてやるよ、アデル……」

ふいにそう言ったウィルフリードがアデルの頬に手を滑らせた。汗に濡れた黒髪を梳き、耳朶にそっと唇を寄せる。

「獣になるのはオメガだけじゃない……俺たちアルファはオメガの発情にあてられるとおまえたち以上に獰猛な獣になるんだ――」

奥を抉るように突き上げられ、気が爆ぜた。アデルの性器から白濁が押し出されるかのようにとろりと溢れ出す。

「あ……ふっ……」

「もっと感じろよ……アデル……」

アデルを膝に抱いたまま、ウィルフリードが根元まで埋め込んだ肉茎をぐるりと回すように腰を動かす。熟れきった肉壁を反り返った先端で掻き回され、アデルは淫らな喜悦に顔を弛緩させた。

「いい顔だ……アデル……」

恍惚とした笑みを浮かべて乱れるアデルの胸元にウィルフリードが指を滑らせる。快感で隆起した乳暈をきゅっと摘まれ、嬌声が漏れ出た。

乳暈を摘まんでいた指が今度は硬く尖っている乳首をなぞっていく。そこを指先でこりこりとしごかれ、アデルは激しく頭を振り立てた。

「ウィルフリードっ……、そこはっ……ああっ……！」

「ここ、気持ちいいだろう……？」

ふいに淡い色の乳暈に吸い付かれ息を呑んだ。

ウィルフリードが尖った先端を甘噛みする。ちくりとした痛みが一気に快感に変わり、アデルは太腿を痙攣させた。

「は……あ……！　あっ……、ウィルフリード……そこ……もっと……」

「もっと……？　もっと何だ？」

「強く吸ってくれ……もっと激しく……」

言うと同時に乳暈全体を噛みつくように吸い上げられ、アデルはウィルフリードの頭を掻き抱いた。金色の髪に指を絡め、背をのけぞらせてより強い愛撫《あいぶ》をねだる。

ウィルフリードの舌が乳暈を這い回り、乳首を転がしていく。自分で弄るよりもはるかに心地よいその愛撫に誘発され、アデルの性器がぶるんと震えた。

「あ……ぁ……、何か……くる……、あ……あっ……」

腹の奥から肉の愉悦が次々に湧き出してくる。その熱に搦め捕られ、体が小刻みに痙攣し始めた。同時にウィルフリードの長槍を呑み込んでいる後孔が切なげにひくひくと蠢く。

「アデル……イけよ……ほら……」

耳朶を食みながら名を囁いたウィルフリードがアデルの腰をぐっと引き寄せた。そのまま激しく前後に揺さぶられ、体が硬直した。

最奥まで入り込んだ肉茎の先端が、ひときわ狭い襞をこじ開けた。亀頭が奥に入り込み、狭い襞を引っかけるように刺激していく。

もう限界だった。

耳鳴りがしたと思った直後、音が消え頭の中が真っ白になる。訪れたのは強烈な絶頂感だった。

「ひ……ああっ……あっ……ああっ――――!」

張り詰めた肉茎の先端から白濁を迸らせ、アデルは言葉にならない嬌声を上げた。

劣情の証が飛び散る度に肌が粟立ち、快楽の熱が体の奥底から噴き上がってくる。

遠くに聞こえた声は自分の声だったのだろうか、それともウィルフリードの声だったのだろうか。その声が聞こえると同時に、肉壁に熱い飛沫《ひまつ》が叩きつけられたような気がした。

「アデル……」

掠《かす》れぎみの艶っぽい声でウィルフリードがアデルの名を呼ぶ。

ウィルフリードの肉茎はアデルの体の中でびくびくと震えていた。おそらく奥深い場所に精液を放っているのだろう。感じるはずのない熱をそこに感じ、多幸感に満たされる。ふわふわとしたその感覚に包まれながら、アデルはぐったりとウィルフリードにもたれかかった。

腰を浮かせると、まだ硬度を保ったままの肉茎が襞を擦りながら去っていく。その刺激でさえ快感となり、アデルは吐息を漏らした。

いったいどれだけの精を迸らせたのか、ひくひくと蠢く後孔から白濁がとめどもなく溢れ出してくる。不快なはずのその感覚さえ甘い法悦となり、アデルは大きく息をついた。

「気持ち……いい……」

快楽の熱に満たされ、思わずそんな言葉が口をついた。こんな気持ちは初めてだった。

オメガの淫紋が下腹部に浮き上がってからというもの、発情期が来る度に部屋に籠もり自分で自分を慰めていた。淫具を後孔に挿入したこともあるが、本物の男根に与えられる快感はそんな模造品などの比ではなかった。

「最高だ、ウィルフリード……」

ウィルフリードの胸に突っ伏したままアデルはぽつりと呟いた。

「こんなにも感じたことなど一度もない……アルファと体を繋げることがこんなにも心地いいなんて思いもしなかった……」

気持ちよかったと素直に呟いたアデルにウィルフリードが「そうか」と微笑み口づける。

「発情の熱は少しくらい治まったか？」

アデルを腕に抱いて唇をついばんでいたウィルフリードがふとそう尋ねてきた。だが、その問いに何も答えず、アデルはそのまま目を細める。

「アデル？」

「まだだ……」

「は？　まだ？」

「当たり前だ……これくらいで足りるわけがないだろう……」

ぽかんと口を開けたウィルフリードを見下ろし、アデルは口元に淫らな笑みを咲かせた。

「オメガの発情の熱がこれくらいで治まるとでも思っていたのか？　言っておくが朝まで寝かせるつもりはないぞ……」

ゆっくりと体を起こし、驚愕に目を見開いたウィルフリードの両手を押さえ込む。

「ア……アデル……？」

「何度も言わせるな。勝手に部屋に入ってきたのはおまえの方だ。発情期のオメガを誘ったことを一晩中後悔しろ――」
それから何度絶頂に達したのかわからない。ウィルフリードの腹に跨がったアデルは、繰り返し訪れる肉の法悦に朝まで身悶え続けた。

＊＊＊

宣言した通りアデルはウィルフリードを夜が明けるまで解放しなかった。

肉の愉悦に震える体はウィルフリードを求め続ける。嬌態の限りを尽くしてアデルは一晩中ウィルフリードの体を貪った。

そして、発情の熱に浮かされ淫獣と化したアデルを、ウィルフリードは充分すぎるほど満足させてくれた。

奥の部屋で何度も絡み合い、湯殿で体を清めながらまた互いを貪り、その後はアデルが普段使用している私室の寝台で戯れた。そうして夜明け近くになってアデルはようやくウィルフリードを解放した。

寝ずの荒淫に付き合わされてさすがに疲れたのか、ウィルフリードはいささかげっそりした様子で部屋を出ていった。それを寝台から出ずに見送ったアデルはそのまま眠りにつき、目が覚めた時には既に日が高くなっていた。

発情期になればアデルは奥の部屋に数日間は籠もる。湧き出す劣情に耐えきれず執務に支障をきたすからなのだが、今回はなぜかそこまで激しい劣情に苛まれなかった。

目が覚めた後もいつも以上に頭がすっきりしている。体の芯はじわりと疼いていたものの、どうしようもなく乱れてしまうこともなかった。

そんなこんなで暇を持て余したアデルは、このまま籠もっているのもどうかと思い、着替えを済ませて執務室に向かった。

発情期のアデルが奥の部屋から出てくるとは思いもしなかったのだろう。アデルの姿を認めた途端、ゲルトが驚いたような顔をした。

執務室にいた他の文官たちも同様だった。

「ア……アデル様、どうなさったのですか。お体の具合は……」

「ああ。別に何ともない。いつも通り執務に入れる」

「ですが今は――」

発情期なのではという言葉を濁したゲルトに、もう一度大丈夫だと言いアデルは大きな机の前に座った。

「かまわない。裁可が必要な書類をこれへ――」

訝りつつ書類の束が入った箱をゲルトが机に置く。それをちらりと見やり、アデルは頬杖をつきながらふっとため息を零した。

「ゲルト」

「はい」

「昨夜はやってくれたな」

そう言ったアデルにゲルトが「はて？」とわざとらしく首を傾げる。

「とぼけるな。おまえが策士だということを忘れていた。その老獪《ろうかい》さもな――」

「お褒めの言葉、いたみいります」

「別に褒めているわけではない。私も油断していた。それに、これに関しては、その……別に問題はない」

あえて何をと言わずにそう告げると、ゲルトがわずかに破顔した。

「では――」

「今宵も奥の部屋の鍵はおまえに預けておく」

「仰せのままに、陛下――」

今夜もウィルフリードを迎え入れる。暗にそう言ったアデルに、ゲルトが恭しく臣下の礼を取った。

午後の執務をこなしながらアデルはふと窓の外に目を向けた。

窓に四角く切り取られた風景の向こう側に湖面が見える。

日はまだ高いところにあった。太陽が西に傾くまであとどれくらいだろうか。

日が落ちればウィルフリードはアデルの元にやってくる。またあの狂おしい夜を過ごすことができるのだ。互いの全てを貪り食らう濃厚な夜が――。

寝かせないと言った時のウィルフリードの驚いた顔を思い出し、アデルは唇をほころばせた。同時に脳裏に浮かんだのは、眉根を寄せて快感に酔うウィルフリードの姿だった。薄く開いた唇から漏れ出る吐息を思い出すと、腹の奥がじわりと熱くなってくる。

「今宵も存分に後悔しろ、ウィルフリード――」

ここにいない男に向かってそう呟き、アデルは書類をめくった。

夜のとばりが下りるのがこれほど待ち遠しいと思ったのは初めてだった。

9

アデルの今回の発情期は三日ほどで終わった。

いつもの半分ほどの間で済んだのは、おそらくウィルフリードと毎夜体を重ねていたからだろう。

アルファの精を体に注ぎ込まれたからなのか、それとも濃厚すぎる情交を繰り返したせいなのか、どちらにせよ、発情の熱に浮かされて身を焦がす時間が短ければそれに越したことはない。

発情が治まれば、滾る気持ちは消えてなくなる。アデルは以前に約束した通り、午前の執務を終えた後はウィルフリードが滞在している部屋へと向かった。

そこで茶を飲み、ウィルフリードと談笑する。

発情が治まったアデルの元へウィルフリードが夜に訪れることはなくなり、アデルの方からウィルフリードを誘うこともない。ただ昼間に茶を飲みながら互いの国のあり方を語り、自らのことを語るのみだ。

この日は部屋を訪れると、ウィルフリードは庭園で連れてきた兵たちと剣を交えていた。

自らを王族である前に一人の兵士だとウィルフリードは言う。屈強な兵士たちを相手に剣を振るう姿は、まさに獰猛な獅子そのものだ。

ウィルフリードが率いている金獅子軍の兵士たちは、元々が傭兵《ようへい》の集まりだったせいなのか王族であるウィルフリードに対して全く遠慮がない。だが決して無礼というわけではなく、そこには固く結ばれた信頼関係があるような気がした。

傭兵崩れの荒くれ者を手塩にかけて一人前の兵士に育て上げてきたとウィルフリードは言っていた。自らの手で作り上げた金獅子軍は、イズタール軍の中で最も優秀で勇猛果敢な兵士たちだとウィルフリードは自負する。自分に付き従ってくれるその兵士たちを誇らしく思うと――。

「待たせて悪いな」

剣を鞘に収めながらウィルフリードが部屋に入ってくる。無防備にはだけられた胸元から日焼けしていない白い肌が見え、アデルはとっさにそこから目を背けた。

発情期は終わっているものの、やはり側にいればアルファの匂いに誘われる。

汗ばんでいるせいなのか、ウィルフリードから閨房での行為を思い出させる香りが漂い、どうしても体が反応してしまうのだ。

そんなアデルの動揺に全く気づかないのだろう、ウィルフリードは飾りで無造作に髪を束ねつつアデルが座っている長椅子の隣に腰を下ろした。

「ラートランの見物は楽しいが、毎日のんびり過ごしてたらさすがに体が鈍るからな」

だから兵士を相手に運動していたと笑い、ウィルフリードは茶器に手を伸ばした。

「茶葉も随分減ってきたな」

アデルが毎日通えば茶葉は減りもする。陶器の小箱に入った茶葉はいつの間にか半分以下になっていた。この茶葉がなくなれば、アデルがここに通う理由もなくなる。それを少しばかり残念に思っていると、茶器に湯を注いでいたウィルフリードがぽつりと言った。

「イズタールに戻らなければいけなくなった」

ふいにそう告げたウィルフリードにアデルは驚いて顔を上げた。

「戻る？　イズタールに帰るのか？」

「ああ。イルークから直ちに帰国するよう連絡が来た。イズタールの東部の街で騒乱が起きているらしい。前も言った通り、イズタールは小国を併合して大きくなったせいで何かと問題を抱えている国なんでね。戻ってそれを平定するようイルークに命じられた」

王に代わって軍を率いることはしばしばあると言い、ウィルフリードは肩をすくめた。

「全く、イルークは面倒なことばかり押しつけてくる。騒乱の平定は俺と金獅子軍の仕事だと思っているんだろうな。どっちにしても、一旦はイズタールに戻ってイルークを退位させるための準備もしなければならないし、ちょうどいいと言えばちょうどいい」

「出立はいつ……？」

平静を装いながら尋ねると、ウィルフリードが茶器を差し出しつつ言った。

「明日か明後日には出立するつもりだ」

「明日か明後日――」

帰国したウィルフリードが次にラートランにやってくるのはいつになるのだろうか。

いつ――。

そう思った途端、不安に駆られた。

騒乱の平定のための帰還命令だが、それは本当なのだろうか。

ウィルフリードはイルークから王位を奪おうとしている。国と民を思ってのことだが、イルークにとってウィルフリードはただの王位簒奪をもくろむ反逆者だ。

もしもウィルフリードが内乱を企てていることをイルークが知っていたとしたらどうだろうか。

それを知った上で帰国するよう命じていたとしたならば、反逆者の烙印を押されたウィルフリードはそのまま処刑されてしまうのではないだろうか。

行かないでくれ――。

そう言いかけ、アデルは口を閉ざした。

それは決して口にできない言葉だった。

ウィルフリードは自らが王として立つためにいずれイズタールに戻らなければならない。ウィルフリードに王になれと言ったのは他でもないアデルだ。それを今さら止められるはずもない。

「道中……気をつけて帰ってくれ」

不安を抱えたまままそう言ったアデルの肩を、ウィルフリードがふと抱き寄せた。

「そんな心配そうな顔をするな。国内の騒乱を平定したら必ずまたラートランに戻って来る。せっかく俺を受け入れてくれたんだ。アデルにはちゃんと俺の子を身ごもって貰わないとな」

「ウィルフリード……」

だから待っていてくれ。

そう言葉を続けたウィルフリードが、アデルの頬に唇を寄せた。頬に、そして耳朶にウィルフリードの唇が当たる。本来ならば心地よい愛撫であるはずのそれが、今日は不安に感じて仕方がない。

背に腕を回すと、耳朶を食んでいた唇がアデルの唇を覆った。

ついばむような口づけを繰り返していたウィルフリードが、アデルの腰を強引に抱く。

「まずいな。夜まで我慢できなくなりそうだ」

苦笑したウィルフリードの背を抱きつつ、アデルもまた「私もだ」と笑った。

まだ日が高いのにと互いに顔を見合わせて唇を深く合わせる。日の光が差し込む部屋で、アデルはウィルフリードを求め、ウィルフリードもアデルを求めた。

ほんのわずかな時間も惜しいとばかりに互いを貪り食らうように愛し合った二日後、ウィルフリードは金獅子軍を引き連れてイズタールへと帰っていった。

10

ウィルフリードがイズタールに戻って三カ月が経った。

アデルとてウィルフリードがすぐに戻ってくるとは思っていない。騒乱の平定に手こずればそれだけ時間もかかるだろう。ましてやウィルフリードはイルークに退位を迫ろうとしている。そのための準備もいろいろと必要になってくる。仕方がないと思いながらアデルはウィルフリードからの連絡を待った。けれど、月が変わってもウィルフリードから便り一つ来ることはなかった。

ラートランにイズタールの間者がいるのと同じくラートランの間者もイズタールに潜んでおり、異変があればこちらにも情報が入ってくる。だが、イズタールで騒乱が起きたという情報はなく、またそれを金獅子軍が平定したという話も入ってこなかった。それどころか王弟ウィルフリードの噂すら流れてこない。

一カ月が二カ月になり、そこからまた三日、四日と過ぎていく。三カ月経ってもウィルフリー

ドからの連絡は何もなく、アデルは不安な毎日を過ごしていた。

今日の午前の執務と謁見を終えたアデルは、私室に戻るとウィルフリードが置いていった陶器の茶箱の蓋を開けた。

両手で包み込めるほどの大きさの茶箱の中には、底に少し茶葉が残っていた。

三カ月前、兵士の助命の礼として、ウィルフリードはこれがなくなるまで一緒に茶を飲んでくれとアデルに要求した。それ履行《りこう》するべくアデルは毎日ウィルフリードの元に通ったのだ。

その茶葉を残したままウィルフリードはいなくなった。もしかするともう二度と自分のところに戻ってこないのではないだろうか。

このまま会えなくなる――。

そう思った途端、胸が押しつぶされそうになった。不安と焦燥がアデルの心を激しく掻き乱す。

「ウィルフリード……」

名を呟きながらアデルは小さな箱を胸に抱いた。

名を呼べば胸の奥が締め付けられる。

ウィルフリードが残していった茶器を目にすれば二人で笑いながら語り合った日々を思い出す。激しく互いを求め合った夜を思い出す。

執務や謁見の間はいつものように『氷の王』の仮面を被っているが、こうして一人の時間になるとそんな仮面などあっけなく剝がれ落ちた。自分はこんなにも弱かったのかと心が乱される度に情けなくなってくる。

ため息を零しつつ陶器の茶箱をテーブルに戻して長椅子に腰を下ろすと、前触れと同時に私室の扉が大きく開いた。

部屋に入ってきたのはゲルトだった。いつもとは様子が違い、ゲルトは困惑ぎみな表情を浮かべている。それにアデルは訝るように首を傾げた。

「ゲルト、どうした。何かあったのか」

「アデル様。つい先ほどイズタールより使いが――」

「イズタールから？　ウィルフリード殿か？」

思わず身を乗り出したアデルに、ゲルトは「いえ」と首を横に振った。

「それがイズタール王イルーク陛下からの使いでして――」

「イルークからの使い？」

ゲルトがイルークの名を出した瞬間、アデルは眉を顰めた。

イズタール王イルークは、オメガであるアデルを卑しむ驕慢な態度を取り続けている。

ウィルフリードがやってくる前も、そんなにもアルファの種が欲しくば王弟をそちらに送るのもやぶさかではないと、あからさまにアデルを侮辱した書簡を寄越してきた。実際にウィルフリードがラートランに入国した際もイルークからの親書は一切ない。それも相まってアデルはウィルフリードを拒絶していた部分があったのだ。

王であるアデルを蔑めば、ラートランという国を蔑むことに直結する。それが意図的なことなのか、それともただ愚鈍なだけなのか、どちらにせよアデルが抱くイズタール王イルークの印象は『愚者』の一言に尽きた。

その愚か者からの親書を携えて使者がやってきたという。

「イルークが今さら私に何の用だ」

不快感を隠そうともせずに言うと、ゲルトが恭しく書簡を差し出した。

「イルーク陛下からの親書がこれに――」

イズタール製の装飾過多な文箱を不快げに見やり、アデルは中の書簡を手に取った。封緘《ふうかん》を解き、書状を開く。それを読み終えたアデルは、肘掛けに片肘をつくとふんと鼻を鳴らして笑った。

「イルークが私に会いたいそうだぞ。軍勢を引き連れて既にこちらに向かっているらしい」

「軍勢を……でございますか？」

「ああ。我らの意向など知ったことではないのだろう。返事も待たずに軍を率いて押しかけてくるとは、我がラートランも随分と軽んじられたものだな」

アデルのその言葉にさすがにゲルトも慷慨《こうがい》したのだろう。珍しく怒気を強めてアデルに詰め寄った。

「いかがいたしますか。追い返しますか？」

「追い返す？　どうやって？　我が国の軍はイズタールの半分以下だぞ。追い返して戦にでもなれば王都は数日も持たない」

「では――」

「ウィルフリードのこともある。気が進まないがイルークに会おう。ただし、王都には何があってもイズタールの軍勢を入れるな。私が国境の街まで出向く」

王都の前にある大きな湖をぐるりと囲うように街道があり、その南端に国境の街カルファがある。二つの大きな街道が交差するカルファは、ラートランの中でも大きな街の一つだ。国境に近いこともあり、常駐している兵の数も多い。

アデルがイルークに会談の場として示したのは、そのカルファの城塞だった。

11

イズタールからの使者が書簡を携えてやってきたわずか数日後、王都の前の湖の向こう岸にイズタールの旗が立った。

湖の南岸にひしめく軍勢の中心にひときわ大きな王旗が揚がる。翼を生やした竜が向かい合うイズタールの紋章を、アデルはうんざりした面持ちで王宮から眺めた。

「ウィルフリードがやってきた時とは比べものにならない数だな」

「斥候《せっこう》の報告によれば、おおよそ二万とのことです」

「二万……たかが会談にこれだけの軍勢を連れてくるとは、イルークは随分小心者のようだな。私に食われるとでも思っているのか」

呆れぎみに肩をすくめていると、ゲルトがふと顔を上げて意味深に目を細めた。

「何だ、ゲルト。まだ何かあるのか」

「はい。イズタールの軍勢は二万ほどですが、末端の兵はあまり統率されていない様子とのことです。何ぶん、イズタールは近隣の小国を併合してできた国ですので――」

「兵はそこまでイルークに忠誠を誓っていない……そういうことか」

「御意」

ウィルフリードの軍勢は見事なまでに統率が取れており、王都に入場した際も隊列一つ乱すことなく粛々《しゅくしゅく》と王宮に入ってきた。それと同じ軍勢を想像していたが、どうやらそうでもないらしい。

「ならばなおさら王都にもカルファの街にもイズタールの軍勢を入れるな。統率が取れていない急ごしらえの烏合《うごう》の衆《しゅう》ならば、何をしでかすかわかったものではない」

「かしこまりました。カルファと王都の守りを固めるよう武官たちに申し伝えます」

「頼んだぞ」

ゲルトの応《いら》えに小さく頷き、アデルは再び湖に目を向けた。

湖の岸辺にひしめくイズタール軍を目にした王都の民は、戦が始まると怯えきっていることだろう。二万の軍勢を目の前にしているカルファの民の不安はおそらくその比ではないはずだ。

自分は民を守れるだろうか。たった一人で守っていけるだろうか。

こんな時こそウィルフリードが側にいてくれたならばどれほど心強かっただろうか。けれど、そのウィルフリードは三カ月前から消息を絶ったままで、生死でさえもさだかではない。

「ウィルフリード……どうか私に力を貸してくれ……」

遙か遠くに見えるイズタールの王旗を見据えながら、アデルはぽつりとそう呟いた。


イズタールの軍勢が現れた翌日、アデルは国境の街カルファの城塞に向かった。

ゲルトの他に三人の家臣、そして武官長の五人が随行し、会見の間となる広間に入る。少し遅れてイルークが家臣たちを連れて会見の間に入ってくる。

部屋に入ると同時に互いに武装を解いた。腰に佩《は》いていた剣を台の上に起き、ゆっくりと歩み寄る。

それがイズタールの正装なのだろう、イルークは以前ウィルフリードが着ていたものに似た白い絹に金銀の刺繍が施された衣装を身に纏っていた。派手なストールを肩からかけたイルークがアデルの前に進み出る。アデルもまた、ラートランの漆黒の正装を身に纏ってイルークの前に立った。

「ラートラン王には初めてお目にかかる。突然の会見の申し出に快く応じてくださり感謝する」

「イズタール王におかれてはわざわざこのような辺境の地までお越しいただき、いたみいる」

互いの腹を探り合うような挨拶を交わし、並んで大きな長椅子に腰を下ろす。

アデルがイズタール王イルークの姿を見たのはこれが初めてだった。

アデルの即位の儀式には使者だけを寄越し、イルークはもちろんイズタールの王族は誰一人として祝いにやってこなかった。遠方であることを理由にしていたが、何のことはない、オメガの王を頂いたラートランを嘲笑《あざわら》っていたにすぎない。

イルークに対していい印象はなかったが、いったいどんな男なのかいささか興味があった。ウィルフリードと少しくらい似たところがあるのだろうかとそれも気になる。だが、実際に会ってみると、腹違いとはいえイルークとウィルフリードは全くといっていいほど似通ったところがない兄弟だった。どちらも整った顔立ちをしているものの、父親さえも違うのではないかと思うくらい似ているところが一つもない。

ウィルフリードの髪は金色だが、イルークの髪は赤みがかった茶色だった。目も髪と同じような色をしている。イルークが連れている家臣や武官たちも皆同じような容姿をしているため、これが本来のイズタール人なのだろう。

ウィルフリードの母は西方にあったセトレル公国の公女だったと聞いている。ウィルフリードが生粋のイズタール人であるイルークとこうも似ていないのは、おそらくその母の血を色濃く引いたからに違いない。

アデルの隣に腰を下ろしたイルークがぶしつけな眼差しを向けてくる。舐めるようなその視線に性的な欲望が垣間見え、アデルは不快げに眉根を寄せた。

求婚者たちから幾度となく向けられてきた情痴《じょうち》の視線――。

それと同じものを感じて身震いがする。おぞましさのあまり冷静沈着な『氷の王』の仮面が剝がれ落ちそうになり、アデルはふいとイルークから目を背けた。武装を解いていなければ、この場で首を刎ねてやりたい気分だった。

「なるほど。ラートランのオメガは見目麗しいと聞き及んでいたが、アデル殿は噂以上の美しさだ。我が後宮に入れれば、私の自慢の美姫が皆かすんでしまいそうだ」

イルークがアデルをあからさまにオメガと侮り、後宮に囲っている寵姫たちと同じ扱いをする。すぐ側で控えていたゲルトが眦を吊り上げたが、それを無言で制しアデルは笑みを浮かべた。

「お褒めにあずかり光栄だが、あいにく私はラートランを治めなくてはならぬ身。イズタールの後宮に入るわけにはいかぬ」

「わが後宮に入れば面倒な国事からは解放される。毎日花を愛で、歌など楽しみながら健やかに過ごすことができるが、それはお望みではないと？」

「さて。私は花を愛でるより我が国に仇《あだ》を為す敵兵の首級《しるし》を愛でる方が好みだし、歌よりも我が兵たちの鬨《とき》の声を聞く方が健やかに過ごせる。絢爛豪華《けんらんごうか》と噂に高いイズタールの後宮を血で染めるのは私の本意ではない。せっかくのお申し出だが遠慮しておこう」

恫喝《どうかつ》と皮肉を同時に口にし、アデルはゆっくりと足を組んだ。その拍子に衣装の裾が割れて白い下腿が露出する。

「失礼」と裾を直していると、イルークがごくりと喉を鳴らした。

好色な眼差しを向けたイルークにわざとらしいほど艶然《えんぜん》と微笑みかけ、アデルは長椅子の肘掛けに体をもたれさせた。

「それで、わざわざこんな辺境の地まで足をお運びとは、イルーク殿は私に何用か?」

アデルの笑みから目をそらしたイルークが、自分の欲望をごまかすように小さく咳払いをする。

「先日、我が愚弟が拝謁を賜った際に随分と無礼な振る舞いをしたと聞き及び、詫びに参った次第。あれはアルファとはいえ出自が卑しき者ゆえ、どうかご容赦いただきたい」

「なるほど。だが、その出自卑しき者を我が伴侶にとこちらにお寄越しになったのはあなたではなかったか、イルーク殿」

「さすが『氷の王』と呼ばれるだけのことはある。先ほどからなかなかに手厳しい。ラートランの王は見かけの美しさとは違って、随分辛辣な言葉を口にされるようだ」

「私も卑しきオメガゆえ、そこはお許し願いたい」

そう言った途端、イルークの顔から余裕の笑みが消えた。

揶揄を揶揄で返されたイルークが、怒りで肩を震わせている。少し厭《いや》みがすぎたかと思ったが、かまわずアデルは「そういえば」と話を続けた。

「そのウィルフリード殿はどうなされた？　騒乱の平定のために一旦イズタールに戻られたようだが、あれきり便りがない。我がラートランの製鉄所をぜひとも見たいと言っておられたのだが——」

「あれには蟄居《ちっきょ》を命じていましてね」

「蟄居？」

眉を顰めたアデルに、イルークが「ええ」と大仰に頷く。

「先ほども申し上げた通り、あれはあなたに随分不埒《ふらち》なまねをしたとか。何でも寝所に忍び込み、御身を陵辱《りょうじょく》しようとしたと聞き及んでいる。それを咎められ牢に入れられたとも——」

ウィルフリードを牢獄に入れた件は知られているだろうと思っていたが、今ここでその話を持ち出されるとは思いもしなかった。

国賓であるウィルフリードを牢獄に入れたと非難されれば、アデルは詫びるしかない。あれは誤解だとウィルフリードがイズタールの印章を押した書き付けを残しているが、それをイルークが素直に受けるとも思えなかった。

どう答えたものかと思案していると、イルークがくっと喉を鳴らして笑った。

「そう不安そうな顔をなさいますな。私はその件についてアデル殿を責めに来たわけではない。むしろ愚弟の暴挙を兄として詫びねば——」

そう言って目を細めたイルークが、ふいにアデルの手を取った。

イルークの手は美しかった。剣を持ち、馬の手綱《たづな》を握るウィルフリードの骨張った無骨な手とは全く違う。生まれてこの方不自由なく暮らし、何一つとして自らの手で行ってこなかった支配階級の象徴のような手だ。

宝石をちりばめた指輪に飾られたその手に触れられ、嫌悪感で全身が総毛立った。

とっさに振り払おうとしたが、イルークがより強く手を握りしめてくる。

「イルーク殿。手を離して貰えまいか」

不快感を隠そうともせずに言ったが、イルークはかまわずアデルの手を撫でさすった。

「男の手とは思えぬ絹のように柔らかな手だ。なるほど、これではウィルフリードでなくても堪えきれず暴挙に及んでしまいそうだ」

くくっと喉を鳴らし、イルークが目を細める。

「こう言っては何だが、我が後宮にいるどんな美姫よりもあなたの方が美しい。その衣装の下の肌はきっと白磁のようになめらかなのだろうな。ぜひともじっくりと触れてみたいものだ」

露骨すぎる欲望を向けられ、いっそう不快感が増した。全身を舐め回すような視線には殺意さえ湧く。

「イルーク殿。私のことなどどうでもいい。ウィルフリード殿が蟄居とはどういうことだ?」

必死で手を引きながら尋ねると、イルークがふと嗜虐的《しぎゃくてき》な笑みを浮かべた。

わずかに開いた唇から赤い舌が見える。まるで蛇《へび》のそれのような赤い舌を目にした途端、背にぞわりと悪寒が走った。

これはただの不快感などではなかった。イルークに対する本能的な嫌悪感で、思わず叫んでしまいそうになる。蛇のような男をこの場で斬り殺してしまいたい衝動にすら駆られた。

「お答えあれ、イルーク殿。ウィルフリード殿はどうなされた。私はウィルフリード殿を我が伴侶として迎え入れると約束した。なのに国に戻られたウィルフリード殿をあなたは蟄居させたとおっしゃる。これはいったいどういうことなのだ」

「蟄居はただの名目上のこと。あれには罰を与えています」

「罰……？」

「ええ」

どういうことかと尋ねたアデルに、陰惨《いんさん》な笑みを浮かべながらイルークが言った。

「ウィルフリードは私に逆心を抱いておりましてね。我が命に背き、私を愚か者となじった。王に対する不敬と反逆は死罪だ。とはいえ腹違いではあるもののあれが我が弟であることに違いはなく、さすがに弟を処刑するのはどうかと思い王宮内に幽閉しているのですよ」

「幽閉……」

「あれのことはもうお忘れになればよい。どの道幽閉の身となったウィルフリードはこの先もイズタールの王宮から出ることはない。死ぬまで王宮の奥で過ごすことになる。二度とラートランに来ることはできますまい。その代わりと言っては何だが、私があなたの子の父となりましょう」

一瞬イルークが何を言っているのか理解できなかった。茫然としていると、イルークがアデルの手を恭しく持ち上げ、そこに唇を押しつける。

「なっ……何をする！」

「私がウィルフリードに代わりあなたに求婚しようと言っているのですよ、アデル殿」

イルークの口から出た求婚という言葉にラートランの家臣たちがざわついた。

求婚も何も、イルークには正妃がいる。しかも後宮に何人も寵姫を囲っているのだ。

「お戯れか、イルーク殿。あなたには妃がおられるだろう」

手の甲や指に伝わる唇の感触に鳥肌が立つ。震える声を堪えつつ言ったアデルに、イルークがねっとりとした視線を向けた。

「ご不満ならば正妃には死を与え、あなたを正妃に迎えますがいかがか。男の妃というのもまた一興――」

手に生暖かい感触が伝わり、アデルは息を呑んだ。

イルークの舌が指と指の間を這っている。あまりのおぞましさにとっさに手を引いたが、それをイルークがぐっと引き寄せた。

「な……何を――」

「もう言葉を飾るのはやめにしよう。率直に言う。私の子を産まぬか、アデル殿」

にやりと笑ったイルークが、荒々しくアデルを引き寄せた。家臣たちが居並ぶ中でアデルの腰を抱き寄せ、長い髪に指を絡ませる。

「美しい髪だ。肌も透けるように白い。ラートランのオメガは男であってもこんなにも美しいものなのか」

「手を離せ。他国の王に対して無礼にもほどがあるだろう」

冷静を装いつつも怒りのあまり体が震えた。それをどう捉えたのか、イルークがにったりと口角を上げる。

「歴史の浅い盗賊の国の王ゆえ、多少の無礼は大目に見ていただきたい」

笑ったイルークが、ふとアデルの頬に指を滑らせた。宝石に飾られた指が頬を、そして耳朶をなぞっていく。

「最初はオメガを抱くなどおぞましくてウィルフリードをあてがったが、あなたに会ったら気が変わった。ラートランの——しかも王族のオメガは想像以上の美しさだ」

イルークは愛撫のつもりかもしれないが、快感など欠片《かけら》ほども湧かなかった。それどころか、嫌悪感で鳥肌が立ってくる。

「私に触るなと言っているのが聞こえないか」

「聞こえているとも。美しいオメガは声まで美しい。寝所で泣かせてみたくなる声だ」

「この……下司が……」

辛辣な言葉を口にしたアデルを舐めるように眺め、イルークが舌で唇を濡らした。

「私を下司と言うが、その下司なアルファの種が欲しくてたまらないのは誰だ。そんなに子が欲しくば我が後宮に入り私の下に侍《はべ》るがよかろう。生まれた子はラートランの王子として育てればいい。そうすればラートランの血筋も絶えることはないだろう。それに――」

ねっとりとした欲望の笑みを向け、イルークはアデルの唇に指を這わせた。

「発情期が来ればオメガはアルファの種を求めて乱れる。あなたもそうなのだろう、アデル殿。アルファの私ならばあなたの欲望をこの男根で満たして差し上げることができるぞ――」

唐突に手を股間に押しつけられ、アデルは息を呑んだ。金銀の刺繍が施された衣装の下でイルークの性器が欲望にまみれて硬く変化している。

「どうだ、これが欲しくはないか、アデル殿――」

家臣たちの前で自分に対する性的な劣情に無理矢理触れさせられ、アデルの我慢は限界に来た。イルークへの嫌悪が憎悪となり、一気に殺意へと変わっていく。

「その汚らしい手で私に触れるな、下郎！」

イルークの手を振り払い、アデルは長椅子から立ち上がった。武装を解いていなければ、確実にイルークの首を刎ね飛ばしていただろう。

怒りのあまり目眩がする。眦を吊り上げたアデルは、蛇蝎でも見るような目でイルークを睨みつけた。

「先ほどからの侮辱の数々、到底看過できぬぞ」

「侮辱だと？　オメガふぜいが驕《おご》った物言いをする。アルファの種を求めて尻を振るしか能がない淫乱が何を言う」

「そのオメガふぜいに懸想をして男根を硬くしているのはどなたか。私を卑しむ前にご自身の無節操な下半身を恥じられよ」

「何だと……」

怒気で顔を赤黒く染めたイルークが、椅子を蹴り倒す勢いで立ち上がった。

「穢らわしいオメガめ。王だというから少しは敬意を払ってやっているのだぞ。本来ならば貴様のようなオメガがアルファである私と同席するなど、それだけで死に値する」

オメガへの蔑みを顕わにしたイルークが、ふいににやりと唇を歪めた。

「私を下司だと言うが、貴様こそ下司の極みだろうが、オメガの王。私が何も知らないとでも思っているのか？」

そう言ってアデルを指さし淫猥な笑みを浮かべる。

「聞いているぞ。貴様はウィルフリードを寝所に毎晩呼び寄せて随分嬌態を晒したそうだな」

「な……」

侮蔑が籠もった言葉で揶揄され、一瞬怒りで血の気が引いた。

ラートラン側の家臣たちがざわつき、イズタール側の家臣たちが下卑た笑みを浮かべる。

「皆も聞いておけ。この美しい王は寝所で我が弟ウィルフリードの男根を口に咥えて喜ばせてやったそうだ。あれが迸らせた精まで舐めてやったらしい。さすが淫乱なオメガだけのことはある。そんな取り澄ました顔をしていても、やっていることは辻《つじ》に立つ娼婦と何も変わらんではないか」

閨房での秘め事を露わにされアデルは唇を噛んだ。王都にイズタールの間者が入り込んでいるのは知っていたが、まさか寝所まで覗かれているとは思いもしなかった。

「あれに随分執着しているようだな、淫蕩《いんとう》なオメガの王。それほどまでウィルフリードの男根が気に入ったか?」

聞くに堪えない侮蔑の言葉を口にし、イルークが笑う。だが、そんなイルークの下劣極まりない揶揄に、アデルはふと口角を上げた。

艶然と微笑み、聞けとばかりにわざとらしく吐息さえ漏らす。

「ああ、気に入ったな——」

ぽつりとそう言ったアデルは、何かを思い出すようにうっとりと目を細めて舌で唇を濡らした。

「そんなにも閨房での秘め事を知りたいのか、下司なイズタールの王」

「何……」

「知りたくば教えてやろう。寝所でのウィルフリードは最高だった。あのような逞しい男根は見たことも触れたこともない。あれは私を存分に喜ばせてくれたぞ。一晩中私の要求に応えて快楽を与えてくれた。私はもうあれを手放す気になどなれぬ。それに——」

言葉を句切り笑みをいっそう深くしたアデルは、そのまま自分の腹に視線を落とす。

「ウィルフリードは我が腹の子の父でもあるからな――」

「腹の子だと……？」

アデルの言葉を繰り返したイルークが顔色を変えた。怒気で赤く染まっていた顔が、一気に青白くなる。

「まさか……貴様……ウィルフリードの子を孕んだというのか……？」

「ご存じの通り淫乱なオメガゆえ、この腹はすぐに子を宿す」

否定も肯定もせず凄艶《せいえん》な笑みを浮かべ、アデルは再びゆっくりと長椅子に腰を下ろした。

「私はウィルフリードを番にすると決めた。ウィルフリード以外のアルファの子を産む気もない。我が腹の子の父を害する者は我が敵とみなす。わかったら盗賊の群れを連れてとっとと国に帰られるがいい」


会談は最悪の状態で終結し、イルークは大軍を率いて国境の街を去った。

二万の兵がカルファの城塞に背を向けて帰っていく。それを砦《とりで》の窓から眺めていたアデルは、ふっとため息を零した。

「すまない、ゲルト。どうしても我慢しきれなかった……」

ぽつりと呟くと、ゲルトが苦笑交じりに首を横に振った。

「いえ。アデル様にしてはよく堪えておられた方かと——」

「ゲルト……」

「それよりもアデル様、先ほどのお言葉はまことでございますか？」

「先ほどの言葉？」

何の話だと問い返したアデルに、ゲルトがずいと身を乗り出した。

「お子の話でございます。ウィルフリード殿下のお子を身ごもられたというのは——」

「ああそれか。そんなもの嘘に決まっているだろう」

「は？　嘘？　嘘なのでございますか？」

「当たり前だ。そう簡単に子を孕んでたまるものか。ああでも言わねば腹の虫が治まらぬ」

ふんと鼻を鳴らし、アデルは台の上に置きっぱなしにしていた剣を腰に佩いた。

「これが手元になくてよかった。あれば私は確実にあの男の首を刎ねていたぞ」

「私はアデル様がイルーク陛下をいつ殴りつけるかとひやひやしておりました」

そう言ってゲルトが肩をすくめると、部屋にいた家臣たちも「全く」と追従《ついじゅう》して苦笑する。

「陛下は意外にご気性が荒うございますから」

「それに加えてお気が短い。よくあの下郎の侮辱に耐えておられるものだと感心いたしました」

「おまけになかなか辛辣なことを口になさる。あの男、陛下に言い負かされてかなり腹を立てておりましたな」

「いやいや、あれはなかなか溜飲が下がりました」

家臣の誰一人としてアデルを責めることなく、あれは仕方がないと笑っている。

即位してこの方、家臣たちの前では冷徹な王を演じていたつもりだった。だが、それがアデルの虚勢であることくらい皆は百も承知だったのだろう。

ここにいるのはアルマーナに幽閉されていた頃からアデルに仕えてくれる忠臣たちだ。こんな時であってもこうして気遣ってくれる家臣の存在がこれほどありがたいと思ったことはない。

ゲルトをはじめ、彼らはずっとアデルを陰になり日向になり支え続けてくれている。なのに自分はそれに応えることができず、あげくに長い歴史を持つラートランを滅びの道へと追いやろうとしているのだ。

「皆……不甲斐ない王ですまない」

「何の。我が国の王に対するあのような侮辱の数々、我らとて黙って見過ごすわけには参りません」

そう言ったゲルトに、皆も大きく頷く。

「だが、イズタール王はあのまま黙ってはおるまい」

「そうですな。帰るなり戦支度《いくさじたく》を整えて侵攻してくるでしょう」

「陛下がウィルフリード殿下を牢に入れたことも充分大義名分になりましょうし、それに尾ひれはひれをつけて我が国に攻め入ってくるかと――」

家臣たちの言葉を黙って聞いていたアデルは、悄然《しょうぜん》と肩を落とした。

「すまない……それも私のせいだ」

自分の浅はかさを後悔しても時既に遅しだ。全くもって自身の不徳を恥じるしかない。

気を落としつつも、今はそれを思い悩んでいる暇はない。アデルは部屋の端で控えていた武官長を呼んだ。

「武官長、十万、二十万の大軍に攻め込まれて、ラートランは持ちこたえられるだろうか？」

「我が国の兵力は総勢で二万。民から急遽義勇兵を募っても三万ほどで、人数だけではなかなか厳しいかと」

「そうか……」

「何でしたら今すぐ追い打ちをかけることもできますが――」

帰国するイルークを襲撃する。そう言った武官長にアデルは「いや」と首を横に振った。

「烏合の衆とはいえ相手は二万の兵だ。カルファの兵は二千足らず。とって返して攻め込まれでもしたら勝てる見込みはない。腹立たしいが、今は黙って見送るしかない」

「賢明なご判断かと――」

そう言った武官長に無言で頷き、アデルは窓の外に目を向けた。

王旗を掲げたイズタールの軍勢が少しずつ遠くなっていく。あの軍勢が再び湖を取り囲んだ時がラートランの終焉《しゅうえん》の時だ。

このまま戦になれば、数千年にわたるラートランの歴史は幕を閉じることになるかもしれない。アデルはラートランを滅びに向かわせたオメガの愚王として後の世の歴史書に記されるだろう。

この数百年間、ラートランは戦火に晒されることはなかった。大火でその多くは焼失したが、街は昔の姿を残しており、ラートランの王都は平原一美しい都と言われている。

消失した王都の再建は進みつつある。民の生活も随分元に戻ってきた。この六年でようやく復興の兆しを見せた王都を少ない兵力でどうやってイズタールの侵略から守ればいいのだろうか。

そしてもう一つ気になるのはウィルフリードのことだった。

イルークはウィルフリードをイズタールの王宮内に幽閉したと言っていた。生涯王宮から出ることはないと口走っていたが、あれはどういう意味なのだろうか。

イルークは母の身分が低いウィルフリードを蔑んでいる。実の弟だろうが容赦なく命を奪うだろうというようなことを以前ウィルフリードが口にしていた。

もしかするとウィルフリードは既に亡き者にされてしまったかもしれない。あのイルークならやりかねないとアデルは思った。

ウィルフリードがいなくなる。そう思っただけで胸が張り裂けそうだった。

アデルが不安の沼に沈みかけていると、部屋に伝奏の兵が駆け込むように入ってきた。

「陛下に急ぎお伝えいたします。イズタール軍の将校が陛下にお目通りを願っております」

「イズタール軍の将校？　誰だ？」

ゲルトが尋ねると、伝奏の兵が頭を下げたまま言った。

「金獅子軍のザイードと名乗っております。幽閉されているウィルフリード殿下の件で至急アデル陛下にお目通りを願いたいと――」

金獅子軍。ウィルフリード――。

それらの言葉を心の中で反芻《はんすう》し、アデルは目を見開いた。

確か金獅子軍はウィルフリードが率いている私兵軍だったはずだ。

傭兵崩れの荒くれ者を自らの手で一から鍛え上げた。イズタールで最強の兵士たちだとウィルフリードは言っていた。そして、自分が最も信頼している兵士たちだとも――。

その金獅子軍の将校がアデルに会いたいと言っている。これを拒絶する理由はどこにもない。

「そのザイードという将校をすぐにこちらに連れて参れ」

武装を解いて部屋に入ってきたのは歴戦の猛者《もさ》と言うにふさわしい屈強な男だった。漆黒の甲冑の胸元に浮き上がる獅子は、紛れもなく金獅子軍の紋章だ。

傷だらけの兜《かぶと》を脇に抱えたザイードと名乗る男がアデルの前で膝をつく。

「金獅子軍連隊長、ザイードにございます。アデル陛下にお願いがあって参上しました」

ザイードが顔を上げた瞬間、アデルははっとした。

以前中庭でウィルフリードと剣を交えていた兵士がいた。あの時の大柄な兵士はこのザイードではなかっただろうか。

「おまえには見覚えがある。以前、王宮の中庭でウィルフリードと剣を交えていたのはおまえではなかったか?」

「私ごときをお見知りおきいただき光栄にございます」

そう言ったザイードに軽く頷きかけ、アデルは言った。

「それで私に頼みとは何だ。申してみよ」

「ウィルフリード様を匿《かくま》っていただきたくお願いに上がりました」

「匿う?」

どういうことだと尋ねたアデルに、ザイードはぐっと身を乗り出した。

「図々しいお願いと承知の上で申し上げます。どうか我が主をお助けいただきたい。ウィルフリード様は故なき罪を被せられて捕らわれ、王宮の地下牢に――」

「地下牢? ウィルフリードは王宮に幽閉されているのではないのか?」

「幽閉ではありません。イルークはウィルフリード様をずっと地下の牢獄に繋いでいたのです」

王であるイルークを呼び捨てにし、ザイードは話を続けた。

「イルークがこちらに向かって出立した直後に自力で牢から脱出されたのですが、イズタール国内ではとても潜伏しきれず……それに――」

「それに、何だ。ウィルフリードに何かあったのか」

続きを促したアデルをきっと見据え、ザイードは怒りで唇を震わせながら言った。

「ウィルフリード様はイルークに酷い拷問を受けていて……」

「拷問だと……？」

そのまま絶句したアデルにザイードが無言で頷く。

「お怪我が酷く、イズタールではとても治療がかなわず……可能ならばラートランで匿っていただけないかと無理を承知でお願いに上がった次第です」

「無理であるものか！」

思わず叫び、アデルはザイードに歩み寄った。

「ウィルフリードは我が伴侶となる男。いずれはラートランを継ぐ王の父となる者だ。何の遠慮があろう。傷を負っているというのならばこちらで治療しよう」

「ありがたきお言葉……金獅子軍の兵を代表して御礼申し上げます……！」

「直ちにイズタールに戻り、ウィルフリードをラートランに連れて参れ」

「我が命に代えましても必ず——」

アデルに臣下の礼を取り、ザイードが部屋を足早に出ていく。その背を見送ったアデルは、居並ぶ家臣たちに目を向けた。

「皆も聞け。先ほど言ったように私はウィルフリードを我が伴侶としラートランに匿う。イズタールからいずれ身柄の引き渡しを要求してくるだろうが一切拒否する」

12

「伴侶とするとは、ウィルフリード殿下のお子を身ごもられるのはやぶさかではないと、そういうことでございましょうか？」

不敵な笑みを浮かべたゲルトに、アデルは同じ笑みを返した。

「いずれ子を産まねばならんのなら私は強き男の子を産む。国を奪うくらいの覇気がある男でなくば話にならん。ただ――」

このままでは王都を戦火に晒すことになるかもしれない。悄然とした面持ちでそう言ったアデルに、ゲルトが軽く肩をすくめた。

「そうご案じなさいますな。あの御仁はいずれ難癖をつけて我が国に攻め入ってくるでしょう。それが早いか遅いかの差でございます」

「ゲルト……」

「とりあえず我らはウィルフリード殿下の到着を待ちつつイズタールの侵攻に備えるといたしましょうか。なぁに、平和を望むなら戦の備えをせよと昔から言うではありませんか」

悠然《ゆうぜん》と構えているゲルトの様子に、アデルは心にのしかかる重圧から少しばかり解放されたような気がした。

ウィルフリードが王都の城門を叩いたのは、数日後の未明だった。

真夜中だったが、ウィルフリードの到着を知らされたアデルは、着替えもせずに寝所から飛び出して王宮の東へと向かった。

回廊を走り、以前ウィルフリードが滞在していた部屋の扉を開く。

黒衣の兵士たちに囲まれて長椅子に座っていたのは、紛れもなくウィルフリードだった。

「ウィルフリード……！」

ウィルフリードに歩み寄ったアデルは、思わずその場に膝をついた。

獅子の鬣のごとき髪はすっかり色あせていた。いったいどれほど酷い拷問を受けていたのか、白かった肌のあちこちに傷がつけられ固まった血がこびりついている。ウィルフリードの肌を赤黒く染めているのは、棒状のもので打ち据えられた痕《あと》や鞭で打たれた痕だった。腕には焼けた鉄の棒を押し当てられたような痕さえ残されている。

まさに満身創痍《まんしんそうい》の状態だというのに、ウィルフリードはアデルの姿を認めた途端、気丈に笑ってみせた。

「よう……アデル……」

久しぶりだなと笑みを浮かべたウィルフリードを見つめ、アデルは唇を嚙んだ。

拷問を受けていたと聞いていたが、まさかイルークが実弟でもあるウィルフリードをここまで傷つけるとは思いもしなかった。あの蛇のような目を輝かせ嬉々としてウィルフリードをいたぶっていたのかと思うと、怒りで腸《はらわた》が煮えくり返ってくる。

「イルークめ……絶対に殺してやるぞ……首を刎ねて朽ちるまで国境の門に晒してやる……」

怨嗟《えんさ》の言葉を口にしたアデルに、ウィルフリードが苦笑しながら手を伸ばす。

「相変わらずきれいな顔をして怖いことを言うんだな、アデルは……」

頬に触れた手を取ると、ウィルフリードが苦痛に顔を歪めた。

アデルが好きだった無骨な手ももちろん無傷であるはずがなかった。ところどころ生爪が剝がされている手をそっと包み込み、アデルはウィルフリードをきっと睨み上げる。

「黙れ、馬鹿者。今くらいその軽口を閉じておけ……」

言いながらも心は打ち砕かれてしまいそうだった。

こんな状態であってもアデルを気遣って軽口を叩こうとするウィルフリードが痛ましい。

全身に及ぶこの傷が癒えるまでどれくらいの時間がかかるだろうか。以前のように剣を持ち馬に乗れるようになるまでいったいどれくらいの月日が必要なのだろうか。

かける言葉を失っていると、ウィルフリードがふっと息をついてぽつりと言った。

「イルークを見くびっていた……俺のことを嫌っているとは思っていたが、まさかああも憎まれていたなんてな――」

騒乱平定の命を受けて金獅子軍を連れてイズタールに戻ったものの、騒乱などどこにも起きていなかった。訝りつつ帰国の報告をするため王宮に向かったウィルフリードは、そこでイルークから激しい叱責を受けた。

「たかがオメガに子を孕ませることもできないのか、おまえは。何のためにおまえをラートランに送り込んだと思っているのだ、この役立たずの能なしが」

家臣たちが居並ぶ中、イルークはそう言ってウィルフリードを罵った。

「卑しい奴隷の子め。オメガの王をその体で籠絡《ろうらく》したのだろうが。淫乱なオメガの王はおまえを随分気に入って毎晩寝所に伴っていると聞いているぞ。なのになぜ子ができない。おまえは能なしの上に種なしか、ウィルフリード」

聞くに堪えない罵詈雑言をウィルフリードは黙って聞いていた。

どうせ返事をしてもしなくても罵倒《ばとう》されるのに変わりはない。ならば黙っていようと思っていたのだが、こうまで口汚く罵《ののし》られるとさすがに気分がいいものではない。

「返事は?」と尋ねたイルークに、ウィルフリードは眉根を寄せながら口を開いた。

「確かにオメガは子を産む。でも、発情期でなければ子を宿しにくい。簡単に子を孕ませることなどできるわけがないだろう」

案の定、そう言ったウィルフリードにイルークは黙れと叫び王笏を投げつけた。

「だったら薬でも使ってオメガを発情させればいいだろうが！　毎晩でもまぐわって子を孕ませ

ろ。子が生まれれば淫乱なオメガは殺せ」

「アデルを殺せだと……？」

「今さら何を驚いている。当たり前だろうが。イズタールの血を引く子がラートランの王になってこそ意味がある。穢らわしいオメガの王など邪魔なだけだ。子を産めば用はない」

アデルを亡き者にし、生まれた子を新しいラートラン王に立てる。イルークは最初から幼い王の後ろ盾として、ラートランを支配下に置く腹づもりだったのだ。

「ラートラン王を殺すなんてできるわけないだろう！　あんたは馬鹿か！」

思わず叫び、ウィルフリードはイルークに詰め寄った。

「ラートラン王を暗殺なんてしてみろ、平原の他国が黙っちゃいない。イズタールは平原諸国から非難されて孤立することになる。あんたはそれをわかって言っているのか！」

ただ子を産ませるだけなら別にかまわない。だが殺すとなれば話は別だ。そんな命令には従えないと言ったウィルフリードを、イルークは許さなかった。王を侮辱し逆心を抱いたとしてウィルフリードを捕らえ、王宮内の地下牢に繋いだのだ。

そして、イルークは地下牢でウィルフリードに激しい拷問を加えた。

「身分卑しい奴隷の子の分際で私を罵倒し意見するなど、死に値する愚行だぞ」

能なしの役立たずと、卑しい奴隷の子とウィルフリードを罵り自ら鞭を振るう。それだけでは飽き足らず、イルークは拷問吏を使ってウィルフリードをいたぶらせた。

イズタール人にあるまじき白い肌が目障りだと言っては棍棒で殴らせ、金色の髪が気に食わないと言っては肌に焼けた鉄の棒を押しつけさせる。ウィルフリードの絶叫を聞きながらイルークは瞳を陰惨に輝かせて言い放った。

「たかがオメガ一人孕ませられないならおまえにもう用はない。おまえを慕う愚民どもも全員斬首にしてやる。おまえを助ける者などもう誰もいないぞ、ウィルフリード。おまえはここで朽ち果てるのだ。誰に看取られることもなく、この地下牢で孤独に死ね」


あの時のイルークの嗜虐の悦に染まった目を、人を蔑む卑しみしかない言葉をウィルフリードは生涯忘れないだろう。

アデルの黒い瞳をじっと見つめ、ウィルフリードはぽつりと言った。

「アデル、俺はイルークを排除するぞ」

「ウィルフリード……」

「たとえ簒奪者《さんだつしゃ》と言われようが、俺はあの男を玉座から引きずり下ろして王として立つ。イズタールの王となり、おまえと……ラートランと共に新しい国を作る。民が苦しむことのない新しい国を――」

その言葉にアデルは何度も頷いた。

傷ついたウィルフリードの手を取り、そこに唇をそっと押し当てる。

「ああ、共にゆこう、ウィルフリード。私と共に――」

その言葉に「ああ」と呟き、ウィルフリードは安心したように目を閉じた。

少し苦しげな寝息が聞こえ始めると同時に、医師たちがぞくぞくと部屋に入ってくる。

ウィルフリードをぐるりと囲み治療を始めた医師たちを、アデルは無言で見つめ続けた。

13

アデルがウィルフリードを匿ったのは、東の建屋にある貴賓室ではなく自分の私室に近い場所だった。

朝晩はもちろん、執務の合間もアデルはウィルフリードを見舞う。そのためできるだけウィルフリードには近くにいてほしかったというのもあるが、どうせ匿うのならば王のすぐ側にいる方が警護の兵も多く安全だろうというゲルトの配慮もあった。

ラートランの医術は平原一と自負するだけのことはあり、ウィルフリードの体は医師たちの手当ての甲斐あって順調に回復していった。

まだ若いということもあるが、やはりアルファの体はベータやオメガに比べると随分頑丈にできているらしい。運び込まれた当初は体を起こすことすらままならなかったウィルフリードが、わずか二カ月足らずで以前のように剣を振るえるまで回復している。

体に刻まれた傷のほとんどが消えたが、胸や背につけられた大きな傷は一生消えないだろうと医師は言った。

だが、それでもかまわないとアデルは思った。ウィルフリードが生きて自分の側にいてくれるのならばそれだけで充分だと——。

今日の執務が終わったアデルは、ウィルフリードと共に王宮の前に広がる湖の畔《ほとり》に来ていた。日が暮れゆく湖には渡ってきた数百羽の黒鳥たちが戯れている。

穏やかな時間だった。

もう二度と会えないかもしれないと思っていたウィルフリードが側にいる。こうして並んで夕日を眺めている。ただそれだけの時間がアデルにはこの上もなく幸せに感じた。

ウィルフリードがラートランに匿われていることはすぐにイルークの知るところとなった。あれから幾度となくイズタールからウィルフリードの引き渡しを求められているが、アデルはそれを無視し続けている。

「今日もイズタールからイルークの使いが来たらしいな」

そう言ったウィルフリードに「ああ」とアデルは肩をすくめた。

「性懲《しょうこ》りもなくおまえを引き渡せと言ってきた。それから、私にイルークの後宮に入り側に侍れと——」

「あの野郎……」

鼻に皺を寄せたウィルフリードが心底不快そうに顔を歪める。

「イルークは美人に目がないからな。男だろうが女だろうが関係なく気に入れば力尽くで自分のものにする。カルファで会見した時にアデルもあいつに言い寄られただろう？」

「ああ。私の手を己の男根に押しつけて子を産めと言ってきた。己の男根で私を毎晩でも喜ばせてくれるそうだ」

「あのクソ野郎……ぶっ殺してやる……」

「その時は私もぜひ参加させろ」

首を刎ねる前に最低十発は殴らないと気が済まないと肩をすくめたアデルににやりと笑いかけ、ウィルフリードは芝の上に寝転んだ。

「あのまま俺が牢でくたばっていたら、あいつは力尽くでアデルを我が物にしたかもしれないな。もしもアデルの腹に子がいればあいつは俺の子を殺しただろう。殺して、無理矢理でも自分の子を孕ませる。自分の気が済むまでアデルを嬲《なぶ》り続けるだろうな……」

今までそうしてイルークの後宮に入れられた者たちを幾人も見てきたとウィルフリードは言う。

そんなウィルフリードの言葉にアデルは不快げに眉根を寄せた。

イルークの好色な眼差しを思い出し、ぞくっと背が震える。あの男に捕らわれて嬲り者にされるなど、想像しただけで身震いがした。

「冗談ではないぞ。嬲り者になる前に寝所であの男の男根を噛み切ってやる」

その上で首を刎ねてやると言ったアデルに、ウィルフリードが唖然とした顔をする。驚きを隠せないその様子に、アデルは不満げに唇を尖らせた。

「何だ。何か言いたそうだな」

「いや……まあ、何というか、アデルらしいなと。普通こういう時は『嬲り者になるくらいなら死を選ぶ』って言うもんだろう？」

「なぜ私があんな男のために死を選ばなければならない。それこそ冗談ではないぞ」

真面目に憤慨したアデルをまじまじと眺め、ウィルフリードがぷっと吹き出す。やがてゲラゲラと笑い始めたウィルフリードに、アデルはますます唇を尖らせた。

「何だ。何がそんなにおかしい」

「いやあ、最高だなと思って。やっぱりアデルは最高だ。最高に誇り高い王だ」

笑いながら起き上がったウィルフリードがアデルの手を引く。そのまま腰を抱き寄せたウィルフリードは、アデルの唇に自分の唇を軽く重ねた。

「また会えてよかった――」

ぽつりと呟き、またアデルの唇をついばむ。

「牢に繋がれながらアデルのことばかり考えていた……イルークの責めを受けていた時も……またアデルに会うために何があっても生きなければと、ただそれだけを思っていた……」

「ウィルフリード……」

ただついばむだけの口づけを受けていると、ウィルフリードがふと眉間に皺を寄せた。

アデルをかばうように立ち上がり、腰に佩いた剣を抜く。

異常を察知したアデルもまた敷物の側に置いていた剣を手に取った。

「何者だ」

ウィルフリードが誰何《すいか》した途端、黒い服を身につけた男が木陰から姿を見せる。

「あ……あ……あああっ――！」

鈍い色を放つ短剣を手にした男が、叫び声を上げながらアデルに向かって走り込んできた。

「アデル！」

刺される――。

そう思った直後、ウィルフリードがアデルの前に立ち塞がった。

ウィルフリードが剣を横になぎ払うと、男が持っていた短剣が弾き飛ばされる。慌てて逃げようとした男を蹴り倒したウィルフリードは、男に馬乗りになるとその喉元に切っ先を突きつけた。

「貴様、何者だ。答えないなら耳と鼻をそぐ」

男の鼻下に刃を押し当てながらウィルフリードが静かに問う。

激高しているわけでもない誰何のそれは、アデルが一度も聞いたことがない冷たい声だった。

「ひ……ぃ……」

「その髪と目の色——貴様、イズタールの人間だな？」

イズタールの民は独特の赤みがかった茶色の目と髪をしている。イルークと同じ色の目をおどおどと揺らしながら男はウィルフリードに向かって頷いた。

「どうやって王宮に入り込んだ？」

湖の畔とはいえ、ここはまだ王宮内だ。そう易々と外部の人間が入り込める場所ではない。

「し……使者と一緒に行けと……そう言われて……」

確かに今日はイズタールからの使者が来ていた。会うこともなく追い返したが、どうやらその中に刺客が紛れ込んでいたらしい。

「なるほどな。誰に頼まれた？　イルークか？」

それにも男が何度も頷く。

「へ……陛下の命だと言われて……わ……私の家族が……」

「家族？」

「か……家族が人質に取られております……ラートラン王とウィルフリード殿下を亡き者にすれば、家族は解放してやると……」

男がそう口にした途端、アデルの心の中にどす黒いものが渦巻いた。

「イルークめ……どこまで卑怯《ひきょう》なのだ、あの男は……」

家臣の家族を人質に取り、刺客として敵国に放つなど国を背負って立つ王のすることではない。

「イルークはそういう男だ。家臣なんて道ばたの石くらいにしか思っていない」

ため息交じりに肩をすくめたウィルフリードは、手にしていた剣で束ねていた自身の髪を飾りごと切り落とした。それを怯える男に差し出す。

「こいつを持ってイルークのところへ戻れ。戻ってウィルフリードは重傷を負って危篤《きとく》状態だと報告しろ。この飾りにはセトレル公国の紋章が入っている。俺しか持っていないものだから、適当に血でもつけておけば少しくらいはイルークを騙《だま》せるだろう」

「ウィ……ウィルフリード殿下……」

「イズタールに戻っておまえは自分の家族を救え。ただし――」

男にずいと近づき、ウィルフリードは唇をゆっくりと吊り上げた。

「もしもおまえが嘘をついているのなら俺はおまえを許さない。俺と金獅子軍が地獄の果てだろうがおまえを追う。この世界におまえの逃げ場はないと思っておけ――」

行けと促され男が逃げるようにその場を去っていく。

罪を問うことなく刺客を解放したウィルフリードをアデルは複雑な思いで見つめた。

「悪い、アデル。相談もなしに刺客を解放した」

「いや……おまえがあの男を信じたのなら私は何も言うことはない」

「別に信じたわけじゃない。うまくいけばイルークを騙せる。嘘だったとしたら人質にされている家族はいなかったっていうことだ。それならそれでいい」

どの道、イズタールに戻ったところであの男の命の保証はどこにもないだろう。暗殺に失敗した刺客をイルークがそのままにしておくはずがないとウィルフリードは言葉を続けた。

「先ほどの男はイルークに殺されると……?」

「言っただろう。イルークはそういう人間なんだ。あの刺客も無事逃げおおせればいいんだが――」

ため息交じりにそう零し、抜き身の剣を鞘に戻す。ふと自分の髪に手をやったウィルフリードは、襟足にまとわりつく髪を面倒くさげに掻き上げた。

「久しぶりに髪が短くなったな」

これはこれで涼しくていいと肩をすくめ、うんとのびをする。

「で、何の話をしてたんだっけ?」

たった今刺客に襲われたばかりだというのに、ウィルフリードが緊張感の欠片もなく尋ねてくる。それに少しばかり呆れつつ、アデルは話の続きは部屋に戻ってからにしようと言った。

夕日を背に受け、馬を駆りながらアデルは思った。

基本的にウィルフリードは優しい男なのだろう。人の言葉を信じ、裏切られることもまたよしとする。苦境に立ったとしてもそれを笑みで受け流し、前に向かって進もうとする。

きっと自分は全てを鷹揚《おうよう》に包み込むこの包容力に惹かれたのだろう。

ウィルフリードの髪が夕日を受けて何ともいえない黄金色に輝いている。

またこの男に会えてよかったとアデルは思った。こうしてウィルフリードの温もりを再び感じられてよかったと心の底からそう思った。

14

「ん……ぅ……、ウィル……フリード……」

鼻にかかった甘い声を漏らしながら、アデルはウィルフリードの背を抱いた。

話の続きは部屋で――。

そう言いながら、部屋に戻っても結局話など何もしなかった。

私室で軽い食事を取ったアデルは、ウィルフリードの手を引いて寝室に入った。

まだ宵の口だというのにアデルの体はまるで発情期のようにウィルフリードを求めて滾っていた。

ウィルフリードを寝台に押し倒したアデルは、もう我慢も限界だとばかりに唇を深く合わせた。

口蓋を舌で撫で、そのまま舌を絡ませる。貪るように口づけていると、ウィルフリードが少しばかり苦しげに眉根を寄せた。

「まだ体が辛いのか……？」

傷はほとんど癒えているが、目に見えない体の中はまだ治りきっていないのかもしれない。不安げに尋ねると、ウィルフリードが「いや」と苦笑交じりに首を横に振った。

「辛いのはむしろこっちの方だ。アデルが見舞いに来る度にここが滾って仕方がなかったんだぞ」

言われて視線の先に目を落とすと、ウィルフリードの下腹部が大きく盛り上がっていた。

ウィルフリードが傷を負ってからというもの、部屋を訪れても体を繋げることはなかった。むろん欲しいと思うこともあったが、満身創痍のウィルフリードにそれを要求するのはさすがにはばかられ、アデルはずっと禁欲生活をしてきたのだ。

ウィルフリードの体を思ってのことだったが、どうやらそれは余計な気遣いだったらしい。

「ウィルフリード……」

牡の象徴が衣服を押し上げて存在を強調している。それを目にした途端、腹の奥がじわりと熱くなった。

硬くなっているそこに手を伸ばし、そっと指で形を辿る。根元から先端に向かって撫で上げると、ウィルフリードがふっと吐息を漏らして口角を上げた。

「誘ってくれるのは嬉しいが、随分ご無沙汰だから手加減なんかできないぞ」

脅しにも似た誘いの言葉を耳にし、アデルの体はますます熱くなった。鼓動が高鳴り、腹の奥がじんじんと疼き始める。

完全に形を変えたウィルフリードの肉茎を布越しに撫で、アデルもまたにやりと笑みを浮かべた。

「手加減など、そんな気遣いは無用だ」

唇を笑みの形にしたままアデルは再びウィルフリードの唇を塞ぐ。そうしながら邪魔だとばかりにウィルフリードの帯を解き、衣服の前をはだけた。

目に飛び込んできたのは、白い肌のあちこちにつけられた傷痕だった。

以前のウィルフリードにはなかったそれらの傷をそっと指で辿り、アデルはひときわ大きな胸の傷に唇を押しつけた。

「私はイルークを絶対に許さない……おまえの体につけられた傷と同じ数だけイルークの体を切り刻んでやる……」

傷痕に唇を押しつけ舌を這わせながらアデルは怨嗟の言葉を口にする。本気とも取れるその呟きを聞いていたウィルフリードが、肌をさぐるアデルの手にそっと自分の手を重ねた。

「ウィルフリード……?」

「あんな男のためにアデルの手を汚す必要なんてないさ」

そう言ったウィルフリードがアデルを強く抱き締める。唇を何度か合わせたウィルフリードは、ふと神妙な面持ちでアデルを見つめた。

「アデル……今の俺は国を追われた身だ。俺はもうイズタールの王位継承者でも何でもない。イルークから無理矢理国を奪えば簒奪者と呼ばれるだろう。万が一敗れれば最もむごたらしい方法で処刑される。アデルはそれでもいいのか？　それでも俺を受け入れて……俺を伴侶と言ってくれるのか？」

　拒絶されても恨みはしない。そう言わんばかりのウィルフリードを、アデルは面倒くさげに見下ろした。

「おまえは馬鹿か」

「ああ？」

「同じことを何度も聞くな。今さらだと言っているだろう」

　呆れぎみに呟いたアデルは、ウィルフリードの膝に跨がったまま自分の帯を解いた。絹の衣服を寝台の下に落とし、薄い肌着をくつろげる。下腹部にくっきりと浮かび上がっているのは、朱で染め上げたようなオメガの淫紋だった。

　本来、発情期にしか現れないはずの淫紋がアデルの肌を染めている。蔦が絡み合ったようなそれをウィルフリードに見せつけながら、アデルは言った。

「見てみろ。発情期でもないのにこの体はおまえを求めて疼く。運命の番を求めてこんなにも私を責め立ててくる」

　言いながらアデルはウィルフリードの唇を唇で覆った。

　金の髪を指に絡ませ、ウィルフリードの頭を掻き抱いて唇を激しく貪る。

「今さらなことを言うな、ウィルフリード。おまえは誰にも渡さない……私だけのものだ……」

「アデル……」

「だからおまえも私をおまえのものにしろ。おまえだけのものに――」

番になれ――。

暗にそう告げたアデルに、ウィルフリードがふと口角を上げた。

金の鬣を持つ獅子が笑っている。獰猛な笑みを向けられ、体が先ほど以上にじくじくと疼き出した。

今から獅子に貪られる。そして自分もまたこの獅子を貪欲に貪るのだ。

そう思った瞬間、アデルの性器はぐんと反り返った。赤い淫紋が下腹部から性器の付け根まで広がっている。それを見せつけながらアデルは艶然と微笑んだ。

「早くおまえで満たしてくれ、ウィルフリード……」

「アデル……」

名を呼ぶウィルフリードの声が情欲に浸されて掠れている。

襲いかかるようにアデルを抱き締めたウィルフリードは、そのままくるりと体を反転させた。

「本当に手加減できないからな――」

苦笑交じりにそう言ったウィルフリードがアデルを寝台に押さえ込む。次の瞬間、膝裏を抱え上げられアデルは驚愕に目を見開いた。両足を左右に広げられ、慌てて体を起こす。

「ウィルフリード、何を――」

だが、拒絶の言葉を口にする隙《すき》さえなく、肉茎に湿った感覚が伝わった。前置きもなく与えられた強烈な快感に、腰がびくんと跳ね上がる。

「あ……ふ……」

漏れ出したのは、自分でも驚くくらいの淫らな声だった。それを慌てて両手で押さえ、そろりと視線を下げる。

見えたのはウィルフリードの金色の髪だった。整った顔を縁取るそれがアデルの腰のあたりでゆらゆらと揺れている。

「ウィル……フリード……」

口淫をされているのだと思った瞬間、腹の奥がずくっと疼いた。それが一気に甘い熱となって体の中を駆け巡っていく。

「あ……あっ……、だめだ、ウィルフリードっ……、そ……そんなこと……」

「『そんなこと』？　前に俺に『そんなこと』をしたくせに今さらだろう」

笑いながら先端をじゅっと吸い上げられ、またもや腰が跳ねた。絡みつく舌の柔らかさが性器に直接伝わり、腹の奥がじんじんと痺れ始める。

「あぁ……ウィルフリードっ……、そ……そこは……っ……ああっ――！」

舌先で露を漏らす鈴口を抉《くじ》られ嬌声が漏れた。先端の口を舐め回していた舌が、今度は亀頭冠をなぞっていく。敏感な場所ばかりを責められ、アデルはあられもなく身悶え、嬌声を上げた。

「は……ぁ……あっ……、ふ……ぅ……うぅ……」

漏れ出す喘ぎを抑えることができない。初めて経験した口淫の快感に膝ががくがくと震えだし、背が弓のように反り返る。強すぎる快楽に堪えきれず、アデルは寝台に転がっている枕をぐっと掴み上げた。

「は……ぁっ……、く……ぅ……ふ……あぁっ……!」

射精を促す愛撫ではないせいで、強烈な快楽が繰り返し襲いかかってくる。

ただ性器に快感を与えるだけの愛撫——。

優しくもあり酷くもあるそれは、アデルの体を一気に暴走させた。

「はぁ……あっ、ふ……ぅ……う……、ああっ……」

いつもの発情期以上に体が疼いている。ウィルフリードの舌が性器を這い回る度に腰が淫らに揺れ、アデルは嬌声を漏らした。

「はぁっ……あ、ふ……あっ、あっ……そこ……気持ち……いい……」

思わずそう口走ると、ウィルフリードが目を細めて笑みを浮かべる。

自分が口にした言葉で羞恥心に苛まれたが、それを恥じている余裕もなかった。次から次へと快感を与えられ、腰から下が溶けてしまいそうだった。

「確かここも気持ちいいところだったよな」

言いながらウィルフリードがアデルの胸元に手を伸ばす。

乳暈をきゅっと摘まれ息を呑んだ。無骨な指がついでのように指先で乳首を弾いていく。

「は……ああっ……、あ……ふっ……あっ……」

ウィルフリードが硬く尖った乳首をこりこりとしごき、今度はくびり出すように乳暈を摘まむ。同時に露を零す性器を吸い上げられ、アデルは息を呑んだ。

「ふ……ぁ……、あ……」

過ぎる快感に恐怖すら覚える。

何度も体を繋げてきたが、ウィルフリードがこんな激しい愛撫をしてきたことは一度もなかった。むしろ、優しすぎる抱き方に不満さえ感じていたくらいだった。

「ウィルフリード……もう……苦しい……」

解放を求める精液を吐き出したい。懇願《こんがん》の眼差しを向けると、ウィルフリードがにやりと笑った。

「最初に言っただろう。手加減できないって――」

ずるりと包皮をずらすように性器をしごかれ、アデルはひっと喉を鳴らした。むき出しになった亀頭をウィルフリードの指がことさらゆっくりと撫でていく。先端の口を指先で何度もなぞられ、アデルは髪を振り乱して身悶えた。

「あ……ふっ……、ウィル……フリードっ……、そこはっ……」

ウィルフリードの指が、とろりと溢れ出た露を塗り込めるように鈴口を擦っていく。

射精を求めてアデルの性器は痛いほど張り詰めていた。先端からは露がとろとろと溢れ続け、竿はもちろん根元やその後ろの窄まりまで濡らしている。

「アデル……」

ぐいっと膝裏を抱え上げたウィルフリードが、会陰のあたりに唇を押しつけた。直後に後孔に湿った感触が伝わる。

「ふ……ああっ……！」

そこをねっとりと舐められ、アデルは言葉にならない嬌声を上げた。

切なげに蠢く後孔をウィルフリードの舌が舐め回している。

「い……嫌……、ウィルフリードっ……そこは……ああっ……！」

自分でも見たことのないところを晒されたあげくに舌で愛撫され、アデルは恥ずかしさのあまり必死で抵抗した。だが、ウィルフリードはがっちりとアデルの両足を摑んで動きを封じている。

「だめ……だ……、あぁ……あ……そんなところを……あっ、ふ……ぅ……」

拒絶の言葉を口にしつつも体は正直すぎるほど愛撫に反応した。舌で刺激されている場所は淫らに収縮と弛緩を繰り返し、性器からはだらだらと露が零れ落ちている。

「は……あぁ……んっ、んっ……あぁ……」

体の芯が熱かった。今にも内側から溶け落ちてしまいそうなのに、肉の輪、会陰、足の付け根とウィルフリードの舌が淫らな音を立てながら這い回る。くすぐったさと快感を同時に与えられ、後孔がいっそう切なげにひくひくと蠢いた。そこをまたウィルフリードの舌が刺激していく。

「ん……ん……、ああっ……あっ……ウィルフリードっ……もう……」

「もう？　もう、何だ？」

意地悪げに問い返され、アデルはウィルフリードを睨み下ろした。

「そんな風に乱れた顔で睨まれてもちっとも怖くないぞ」

くすっと笑ったウィルフリードがまたもや後孔に舌を這わせる。

「あ……ふっ……、う……ぅ……ああっ……、あっ……あっ……！」

漏れ出す声が抑えきれなかった。

舌先がぬぐっと浅いところを広げたかと思うと、肉茎を手で擦り上げられる。射精を促すかのように裏筋を激しく擦られ太腿が痙攣した。自分の牡の部分と、牝《めす》に近い部分を同時に愛撫され、どちらに反応していいのかわからなくなってくる。

「く……ぅ……う……、ああっ……は……ああっ……！」

腰をくねらせ長い髪を振り乱してアデルは悶えた。どこがどう感じているのか、それすらもわからなくなってくる。

後ろを唾液でしとどに濡らしたウィルフリードが、ふとアデルを激しい愛撫から解放した。神経を焼き焦がすような快楽がようやく終わりを告げ、アデルはほっと息をつく。だが、ウィルフリードはアデルの体をくるりと反転させた。

寝台に俯《うつぶ》せに寝かせたアデルの腰を、そのままぐっと引き寄せる。

「ウィ……ウィルフリードっ……」

獣が交わるような格好で押さえ込まれ、アデルは慌てて起き上がろうとした。だが、それを封じるようにウィルフリードが背後からのしかかってくる。

後孔にあてがわれたのはウィルフリードの性器だった。

凶暴な牡の象徴と化したそれが唾液で濡れた狭い窄まりを押し広げようとしている。

湿ったそこに亀頭をくにくにと押しつけられ、アデルは唇を噛んだ。それが欲しいと体が訴え、本能のまま腰がじわりと浮き上がろうとする。

「ウィルフリード……」

尻を上げ、情欲に濡れた声でアデルはウィルフリードを呼んだ。何という淫らな格好をしているのだと思ったが、それ以上にウィルフリードが欲しくてたまらなかった。

「ウィルフリード……早く……」

後孔は肉の楔を求めてずっと疼いている。その奥も同じだった。早くそれで満たしてくれといわんばかりに激しくアデルを責め立てる。

「そ……それを……挿れてくれ……ウィルフリード……」

ウィルフリードを振り返ったアデルは恥も外聞もなく懇願の言葉を口にした。

「もう……限界だ……中が熱くてたまらない……おまえが欲しい……」

「アデル……」

「早く……ウィルフリード……おまえの男根で……私の欲望を満たしてくれ……！」

言うと同時に後孔が広げられた。硬い肉の楔がずるりと中に入り込んでいく。

「う……く……、あ……ああっ――!」

潤滑の油もないのにアデルの後孔はウィルフリードの楔を易々と呑み込んだ。狭い肉の輪はこれを待っていたとばかりにウィルフリードの性器を締め付ける。

「ア……アデル……」

性器を絞るように締め付けられたウィルフリードが慌てて腰を引く。その行為で肉壁が擦り上げられ、アデルは目を見開いた。

「あ……ぁ……、あぁ……あっ……」

引き出された性器がまた奥まで挿入される。亀頭で中ほどにある襞を引っかけるように擦られると、頭の中が真っ白になるような錯覚に陥った。

快感のあまり膝ががくがくと震える。

「はあ……あっ、あっ……う……、あっ……」

「どこが気持ちいいんだ……アデル……?」

言いながら奥まった場所をずくっと突かれ、アデルの性器から白濁が滴り落ちた。ぽとりぽとりと絞り出されるように溢れるそれが、寝具を濡らしていく。

「そ……そこだ……そこが……いい……、もっと……」

呟きながらアデルはまたウィルフリードを振り返った。扇情的な笑みを浮かべ、ウィルフリードを誘うようにわざと尻を揺らす。

「アデル……」

「もっとだ……ウィルフリード……もっと感じさせてくれ……」

言った途端、ウィルフリードが覆い被さってきた。

アデルを強く抱き締め一気に腰を突き上げる。

「あ……あっ……お……ぁ……、あああっ――！」

奥の狭い襞を掻き分けて亀頭が入り込み、アデルは絶叫した。

そこをぐりぐりと押し上げられる度に、体が爆ぜてしまいそうな快楽に包まれる。同時に、発情期でもないのに奥まったところがウィルフリードを受け入れようと開き始めた。

「あ……ふ……、ああっ……あっ……いい……そこ、もっと……」

「アデル……もう少し奥まで……大丈夫か……？」

確認しながらウィルフリードがより奥へと体を進めていく。亀頭冠が張り出した先端でさらに奥の襞を擦られ涙が零れた。けれどそれは決して痛みなどではなかった。むしろ強すぎる快感の連続で、頭がどうにかなりそうだった。

ウィルフリードの性器が奥を、そして浅いところをじわじわと擦り上げていく。快楽を求める肉の筒と化したそこを掻き回される度に、アデルは硬くなった性器の先端から白い露を滴らせた。

「あ……ぁ……、ウィルフリード……ウィルフリードっ……！」

愛しい男の名を呼び、アデルは自分の快楽を追う。だが、ふいにうなじに唇の感触が伝わり、アデルは体を硬直させた。

アデルの長い髪を掻き分けたウィルフリードが唇をそこに押しつけている。ぞわりとしたものが背に這い上がり、アデルは唇を震わせた。

「い……嫌……だ……」

全身を包み込んだのは、恐怖感に似た何かだった。

その何かが何なのかわからないまま、アデルは必死でウィルフリードから逃げようとした。けれど、両手首を掴み上げた形で背後から乗り上がられていては身動き一つ取ることができない。

「嫌だっ……ウィルフリード……そこは——」

唇を首筋に、そして再びうなじに押しつけ、ウィルフリードがそこをちゅっと吸い上げる。快感とは違うものに支配され、アデルは喉を震わせた。

「嫌……あ……ぁ……」

唇がそこを這い回る度に気持ちが昂ぶっていく。愛撫ではない、もっと激しい何かを求めてアデルの血は滾ろうとしていた。

「あんたを俺の番にするぞ……アデル……」

耳元でウィルフリードがぽつりとそう囁く。

「番……」

半ば意識を朦朧《もうろう》とさせながらアデルはウィルフリードの言葉を繰り返した。

「ああ。俺は必ず王になる。イズタールの王となり、生涯アデルの側で立っていよう。だからアデルも俺の側で立っていてくれ……」

「ウィルフリード……」

「俺が迷えば俺の手を引いてくれ。アデルが迷えば俺がアデルの手を引く。だから、俺の側にいてくれ……番として、互いの命尽きるまでずっと……」

言い終わると同時にずんと奥を突かれ、背をのけぞらせた。次の瞬間、ウィルフリードが首筋のあたりに歯を立てる。

「お……あっ……あっ……、ああっ――！」

湧き出したのは強烈な快感だった。それが全身を駆け巡り、アデルは絶叫した。

自分を覆っていた殻のようなものがはじけ飛んだ気がした。血が沸騰してしまったかのような錯覚にさえ陥る。

これが番になるということなのだろうか。

ウィルフリードが唇をうなじや首筋に押しつける度に、全身に甘い熱が広がっていく。

「アデル……愛しい俺の王……」

囁きながらウィルフリードが耳朶を甘噛みした。

ウィルフリードの肉茎が最奥の襞を擦っている。ずくずくとそこを突き上げられ、アデルはすすり泣くような声を上げた。

「う……く……ぅ……、ふ……あっ……」

先ほどまでとは比べものにならない快楽に包まれ、まるで体が宙に浮いているようだった。

「は……あ……あっ……、あぁ……もっと……奥を……ウィルフリード……」

淫らな露で寝具を濡らしながら、アデルはひたすら快楽を追う。

そんなアデルの要求を満たすかのごとく、ウィルフリードがゆっくりと腰を回した。奥を抉るように突き上げ、張り出した亀頭で肉壁を擦っていく。

「ひ……ぁ……あぁっ、あっ……！」

再びアデルの性器から白濁が零れ落ち、中が激しく収縮した。ウィルフリードの性器の大きさをより強く感じ、肉襞がびくびくと痙攣する。

「ウィル……フリード……、何か……くる……何か……、お……あ……ああっ——！」

唐突に背をのけぞらせ、アデルは獣のような咆哮《ほうこう》を上げた。背を、そして尻を激しく痙攣させ、そのまま寝台に突っ伏す。

自分の体に何が起きているのかわからなかった。ウィルフリードがほんの少し体を動かすだけで、絶頂感がこみ上げる。

やがてアデルの絶叫に呼応するようにウィルフリードが短い咆哮を上げた。

肉の輪に伝わったのはウィルフリードの男根の脈動だった。アデルの体の中で震えるそれが、

濃厚な精を放っている。

ウィルフリードが注ぎ込んだそれを一滴も零すまいとばかりに、アデルの肉襞が激しく収縮した。それは、まるでアルファの精で満たされる喜びに震えているかのようだった。

＊＊＊

「アデル……」

熱を帯びた声が耳朶をくすぐり、アデルは目を開けた。名を囁きながら耳たぶを甘噛みしたウィルフリードが、ゆっくりと腰を引く。

達してもまだ硬い性器に熟れきった襞を擦られ、声が漏れた。そんなわずかな刺激にさえも感じてしまう自分が恥ずかしく、アデルは枕に顔を埋めた。

背に感じるのはウィルフリードの体温だった。どっしりとのしかかっているウィルフリードの重みが愛おしくてたまらない。汗の匂いも、濃厚な牡の匂いも、ウィルフリードの何もかもが愛おしい。

「ウィルフリード……」

名を呼びながらくるりと体の向きを変えたアデルは、ウィルフリードの背に腕を回した。以前に比べると少し痩せた体をそっと抱き締め、少し癖のある金色の髪に指を絡ませる。

「髪が随分短くなってしまったな……」

「短い髪は嫌いか？」

「いや……短いのも似合っている」

獅子の鬣のような髪が短くなると、ウィルフリードの金色の髪はより光って見えた。暗い牢獄に閉じ込められていたせいか、健康的に焼けていた肌も以前より若干白くなっている。

見れば見るほど遠い日に出会ったあの少年を彷彿《ほうふつ》とさせ、アデルはふとため息を零した。

「やはりおまえがそうだったのだな……」

「そうって、何が？」

首を傾げたウィルフリードの抱擁をそっと抜け出して起き上がったアデルは、寝台の側にある棚に手を伸ばした。そこに置いてある箱を手に取り、中から白い布を取り出してウィルフリードの前で広げる。

それはアデルが大切にしている白地の布に金銀の糸で複雑な文様が刺繍されているストールだった。そのストールを見たウィルフリードが驚愕に目を見開く。

「それって……」

「覚えているか。十六年前、おまえが私にくれたものだ」

十六年前、白百合が咲き乱れる庭園に迷い込んだ青い目の少年がいた。あの時の少年はウィルフリードだったのだろう。

「父の即位記念の祭典があった時、花の庭園の間に迷い込んだ青い目の少年にこれを貰った。あれはおまえだったのだろう」

「じゃああの時の女の子って……アデルだったのか……？」

驚きを隠せないウィルフリードに、アデルは小さく頷く。

「ああ、私だ。おまえは私を『お姉さん』と言っていたが――」

「てっきり女の子だとばかり思ってた……」

それにも頷き、アデルは苦笑した。

「ラートランの民は子どものうちはあまり男女の見分けがつかないからな。間違えても仕方がない。私も否定しなかったし――」

互いに王としてまみえることがあれば、誤解を笑い合おうと思っていた。だが、まさかこんな未来が待っていようとは、あの時は夢にも思わなかった。

「あの時のかわいらしい少年がこんな粗野な男に成長するとはな……」

「アデル――」

「粗野だが……いい男になった――」

ぽつりと呟き、ウィルフリードの青い瞳を見つめる。

あの夏の日、アデルは空と同じ色の瞳に心を奪われた。下腹部にオメガの淫紋が現れたのはその夜だ。

おそらく運命の番に出会ってしまったことで、アデルに流れるオメガの血は目覚めてしまったのだろう。この男こそおまえの運命の番となるアルファなのだと——。

「そうか……あの時の女の子はアデルだったのか……」

先ほどから同じことを繰り返し口にしていたウィルフリードが、ふいにくすっと笑い声を漏らした。

くっくっと声を忍ばせて笑い、やがて腹を抱えて笑い始める。

「ウィルフリード？」

「ああ、悪い悪い。いやぁ、参ったね。そうか。あの女の子はアデルか。てことは、俺は十六年前に既にアデルに求婚してたってわけだ」

「求婚？」

「ああ」と頷き、ストールをアデルの肩にかけながらウィルフリードは言った。

「イズタールの古い風習でね。男は結ばれたい相手に自分のストールを渡すんだ。相手が受け取ってくれたら婚約成立。男は後日輿入《こしい》れのための財宝を持って正式に相手を迎えに行く」

もうほとんど廃れてしまった風習だけれどと笑い、ウィルフリードはアデルの手を引いた。

「それ、ずっと持っていてくれたんだな」

「べ……別にそういう意味だと知っていて持っていたわけではないぞ。あの少年がおまえだと知らなかったし、それに——」

「大事に持っていてくれただけで嬉しいよ、俺は」

言い訳を口づけで封じ、ウィルフリードはアデルの腰を抱き寄せた。

「だったら俺は財宝を持ってアデルを迎えに行かないとな」

「別に私は財宝など欲しくは――」

「俺がアデルに捧げるのはイズタールという財宝だ」

そう言って笑みを浮かべ、ウィルフリードは言った。

「王になると言っただろう。イルークを退位させて俺はあの国を立て直す。その上でラートランとイズタール併合する」

「おまえは……本気で内乱を起こす気なのか？」

内乱を起こせば国が荒れる。民は疲弊し、産業は廃れ、いずれ国は崩壊する。国を失った多くの民は流浪することになるだろう。

「どの道このままでもイズタールは崩壊する。前も言っただろう。イルークや他の王族たちの浪費癖で国庫は火の車だ。王都はまだいいが、砂漠や荒野の街に住む民は既に飢《う》え始めている」

周辺諸国を併合して大きくなった多民族国家であるイズタールはまるで火薬庫だとウィルフリードは言った。小さな火種を一つ投げ込まれれば収拾がつかない大爆発をするだろうと。

「大爆発を起こして国が崩壊する前にイルークを退位させる」

「イルークをどうやって退位させるつもりだ。内乱を起こすにしても、イズタールの兵は十万以上いると聞いているぞ。ラートランはおまえに加勢するが、我が兵の数は三万足らずだ」

兵力の差において到底勝ち目などない。暗にそう言ったアデルに、ウィルフリードがにやりと不敵な笑みを浮かべた。

「イルークは近いうちにラートランに攻め込んでくる。俺がここに匿われていることにいい加減痺れを切らしているだろうからな。使者がしつこく来ているのがその証拠だ。王位の簒奪を狙う俺がいればラートランを攻める大義名分も立つ。イルークがこちらに侵攻してきた時が決起の時だ」

「決起の時――」

「ああ。ラートランに侵攻してきたイズタールの軍勢をラートラン軍と俺の金獅子軍で叩きつぶす。同時にイズタール本国にいる残りの金獅子軍に内乱を起こさせる」

「相手は十万の兵なのだろう。できるのか、そんなことが」

ウィルフリードが率いる金獅子軍は総勢で三千程度だ。しかも三分の一をイズタールに残している。ラートラン軍と併せてもわずか三万ほどの兵でどうやって十万の軍勢と戦うというのだろうか。

「俺が育てた金獅子の兵を舐めるな。あいつらはただの傭兵崩れじゃない。イズタールで――いやこの平原で最も優秀で勇猛果敢な兵士たちだ」

数にしてわずか三千ほどだが、一人一人が十倍どころか百倍以上の働きをする。だが――。

不安が顔に出ていたのだろう。押し黙ったアデルの肩をウィルフリードがふと抱き寄せた。

「心配か？」

「当たり前だ。私は王としてラートランの民を守らなければならない。王都はもちろん、他のどの街も戦火に晒したくはない」

「心配するな。イズタールの兵は一歩たりともラートランの領内には入れない。イズタールの軍勢は十万近くだが、そのほとんどが戦闘経験すらない市井の民だ。軍事力を誇っていたのは昔のこと。今は生粋の軍人など数えるほどしかいない」

それに、とウィルフリードは言葉を続けた。

「兵の多くはイズタールに併合され国を奪われた近隣諸国の民たちだ。俺の母の国もイズタールに滅ぼされた。そんな民がイルークに忠誠を誓うと思うか？」

イルークは生まれながらにして王の椅子を約束されていたようなものだった。先代の王たちが力尽くで奪ってきた領土を何の苦労もなく継承し、玉座に納まったのだ。

併合してきた諸国の民を人とも思わず虐《しいた》げ、奴隷同然の扱いをした。男女問わず寝所に引き込んで辱め、気に入らなければ平気で命を奪う。そんなイルークのために誰が己の命をかけて戦うというのだ。

イルークが会見のためにカルファに訪れた際、ゲルトはイズタール軍の統制が今ひとつ取れていないと言っていた。二万ですらそれなのに、十万の兵がまともに動くはずもない。

「おまえは……十万の軍勢に勝てるというのか？」

尋ねると、ウィルフリードがにやりと笑みを浮かべた。

「俺は負け戦は絶対にしない主義だ」

打って出るからには必ず勝つ。口に出さずにそう言ったウィルフリードにアデルは小さく頷いた。

「わかった。ならば、私はラートランの王として金獅子軍に我が兵を預けよう。それと、我が国の最新の技術と武器も授ける。ラートランの技師ならば、最新の武器も作れようからな」

学問と技術の国と言われるラートランは、武器の製造においても平原一だった。武器の製造に携わる優秀な細工師や鍛冶師《かじし》がラートランには多数いる。それらの技術を結集した武器を一騎当千と言われる金獅子軍に授けるとアデルは言った。

「必ず王になると約束しろ。イズタール軍を叩きつぶし、イルークの首級を上げると私に誓え。そうすれば私はおまえに私の——ラートランの全てを与えてやる」

イズタール王の首を要求しながらアデルは唇に艶美な笑みを浮かべる。

妖艶な毒を持つその笑みに、ウィルフリードがゆるりと口角を上げた。

「やっぱり怖い王だな、アデルは——」

くすっと笑い、淫らにも見える笑みを浮かべたままのアデルの唇に指を這わせる。

「そんな風に言われると魔物に魅入《みい》られた気分になってくるな。さすが『氷の王』と言われるだけのことはある」

「ならばおまえが優しい王になればいい。優しい王として民を守ればいい。私の隣で――」

私の隣で――。

アデルのその言葉を反芻し、ウィルフリードが笑みを深くした。

「優しい王……か――」

繰り返したウィルフリードに「ああ」と頷くと、腰を抱き寄せられた。

顔を見合わせて笑い合いながら唇を合わせる。

ついばむだけの口づけは少しずつ激しくなり、やがて互いを貪る深いものに変わっていった。

15

ラートランの王都に、数度目になるイズタールからの使者がやってきた。いつもと同じくウィルフリードを引き渡せという要求だ。

ウィルフリードを匿ってからこの半年の間、幾度となくイズタールから使者がやってきた。何度来ようがアデルは要求をずっと拒否し続けているのだが、いい加減痺れを切らしたのか、今回の使者はこれがイルークからの最後通告だとアデルに告げた。

「何度も申し上げている通り、ウィルフリードは我がイズタールに仇を為す者。それを匿うということがどういう意味か聡明なラートラン王ならおわかりかと――」

慇懃無礼《いんぎんぶれい》を絵に描いたように滔々《とうとう》と口上を述べる使者を、アデルは玉座から面倒くさげに見下ろした。何度押しかけられてもアデルの返事は否でしかない。にもかかわらず、使者は毎回同じ繰り言を口にする。

「あいにく私は愚鈍なオメガなのでな。イズタール王の意図することがさっぱり理解できぬ。それに、こちらからも前々から申し上げている通り、ウィルフリードを引き渡すつもりはない。私はあれが気に入ったとイズタール王に言ったはずだ」

「確か気に入られたのはウィルフリードの男根――でございましたな」

半年前の会見の際の言葉を使者が揶揄する。

「ですがウィルフリードは体に傷を負って立ち上がることさえできないとか。そんな体でアデル陛下をどこまで喜ばせることができるのやら――」

そんな下卑た挑発を鼻で笑い、アデルは面倒くさげに足を組んだ。

「いかにもウィルフリードは怪我をしていた。どこかの誰かが酷く拷問を加えたせいで剣もろくに持てなくなっていた。あげくに刺客まで放たれたのでな――」

「なるほど、刺客ですか。そのような者を匿っていてもラートランにとって何の得にもなりますまい。むしろ手間がかかるだけかと――」

「くどい。たとえ手足が動かなくなったとしても、私はウィルフリードを引き渡すつもりはない」

「さようでございますか。ならば力尽くでウィルフリードを捕らえるしか道はなさそうですね」

戦争も辞さない。暗にそう言った使者をアデルはじろりとねめつけた。

「それは脅しか？　イズタールはラートランに攻め入ると？」

「拒絶とあらばそうなっても致し方ないと我が王が申しております。ウィルフリードを引き渡せばイズタールはラートランに侵攻いたしません。また、アデル陛下がアルファとの子をお望みならば、我が王がお相手するのもやぶさかではないと――」

「なるほど。なかなかなお申し出だ。イズタール王の気遣いに感謝するぞ」

「では――」

「ウィルフリードは引き渡さぬ。イルークの子も産まぬ」

折れるどころかきっぱりと拒絶したアデルに、使者が怒りで顔を青くした。

「アデル陛下は我がイズタールと戦になってもよいとお考えか！」

「戦になってもよいかだと？　仕掛けるのはそちらだろう。ラートランから先に手は出さぬ。ただし、そちらが力で来るなら力で対抗するまでのこと」

「対抗？　我がイズタールには二十万の兵がおります。たかだか三万足らずの兵で我が国に勝てるおつもりですか」

ラートランの兵力の少なさを使者が揶揄する。だがそれにアデルは意味深な笑みを浮かべた。

「なるほど二十万か。だが、私は勝てぬ戦などせぬぞ？」

以前ウィルフリードが口にした言葉をそっくりそのまま使者に向かって言い放つ。

玉座に背をもたれさせたアデルは、面倒くさげに使者を睥睨した。『氷の王』の名にふさわしい冷たい視線を向けられた使者が、落ち着きなく目を泳がせる。

「知っていると思うが、我が国の重要な産業の一つは武器の製造だ。しかもラートランの鉄は平原諸国の中で最も質がいい。イズタールの兵が持つ武器もほぼ我が国の鉄で作られたもの。甲冑はもとより剣も鏃《やじり》も我がラートランの鉄でできている。我が国と戦うということは兵へ武器の補給なしで戦うのと同じこと。イズタール王はそれを承知の上なのだな?」

「そ……それは……」

「それとも一つ。私は半年前から獅子の群れを飼っているのだが――」

「獅子の群れ……?」

「ああ。これがなかなかに獰猛な獅子どもでな。最近はどうも血に飢えているようで、イズタール王の喉笛に食いつきたくてたまらないらしい――」

アデルが冷たい笑みを浮かべると、玉座の後ろから黒い甲冑を身につけた男たちが姿を見せた。

漆黒の甲冑の胸に獅子の文様を浮かばせた屈強な男たちが謁見の間に並ぶ。その中心に、剣を佩き、まさに獅子の鬣のような金色の髪をした男がいた。その男を目にした途端、使者の顔が蒼白になる。

「ウィルフリード殿下……? き……傷を負って動けないのでは……」

「ああ、言い忘れていたが我がラートランは医術も平原一だ。あの程度の傷を癒やすくらいたやすい。ウィルフリードもすっかり回復したようだ」

うろたえる使者にアデルが世間話でもするように答えると、にやりと笑ったウィルフリードが腰の剣を抜いた。

「久しぶりだな。おまえに会うのは王宮の地下牢以来か？」

体を動かすこともできないと思っていたウィルフリードが突然現れ、使者が慌てて逃げ出そうとする。それを壁際に追い詰め、ウィルフリードは鈍い光を放つ切っ先を喉元に突きつけた。

「地下牢の拷問吏が使者とは、イズタールはよほど人材不足のようだな」

言葉もなく床に座り込んだ使者を睨みつけ、獰猛な笑みを浮かべる。

「あの時は随分世話になったな。地下牢でおまえたちにされたことは忘れていないぞ。棍棒で打たれた痛みも、焼けた鉄の熱さも、俺の体は覚えている。おまえたちの下卑た笑い声も、嘲弄《ちょうろう》の言葉も、全てな――」

唇を陰惨に歪め、ウィルフリードは使者にずいと詰め寄った。

「俺は何があってもおまえたちを許すつもりはない。何ならおまえのその首を今すぐこの場で胴から切り離してやるぞ。落とした首は両目を抉《えぐ》って国境の門に晒してやる」

脅しではなく本気だと言わんばかりの声音で囁き、ウィルフリードは剣を軽く横に引いた。使者の首に細い筋が入り、そこから血が玉のように浮き上がる。

「ひ……、あ……あ……、お……お許しを……、どうか……」

「死にたくなければとっとと帰ってイルークに伝えろ。金獅子は必ずおまえを食いに行く。この世の地獄を嫌というほど味わわせてやるとな――」

腰を抜かした使者に嗜虐的な笑みを投げつけ、ウィルフリードは剣を鞘に収めた。そのまま玉座に歩み寄りアデルの隣に並ぶ。

「あまり使者をからかうな、ウィルフリード」

横に並んだウィルフリードに、アデルが呆れぎみに呟く。それにウィルフリードは目を細めて口角を上げた。

「からかう？　俺は本気だぞ」

「謁見の間を血で汚すな。どうしても首を刎ねるというなら外に連れ出せ。掃除が面倒だ」

ラートランの正装である黒い衣装を纏ったアデルと漆黒の甲冑を身につけたウィルフリードが、そんな風に囁き合う。黒衣の二人を見る使者の目は、まるで地獄から這い出した魔物を見るかのように怯えきっていた。

今にも卒倒してしまいそうな使者を玉座から睥睨《へいげい》し、アデルはまさしく『氷の王』の名にふさわしい冷たい微笑を浮かべて言った。

「帰ってイズタール王に伝えよ。我が国はイズタールの暴挙に断じて折れぬ。それからもう一つ。ラートラン王アデルは決しておまえのものにはならない。この身が欲しくば己が首を差し出し、イズタール一国を私に捧げよとな」

イズタールの使者が這々の体で部屋を辞す。それを一瞥したウィルフリードが、ちらりとアデルに目を向けた。

「あれでよかったか、アデル」

「やりすぎだ、馬鹿者。誰があそこまで脅せと言った」

肩をすくめたアデルに、ウィルフリードが「お互い様だろう」と苦笑する。

確かにウィルフリードに使者を脅せと言ったのはアデルだった。だが、まさかあそこまで酷く怯えさせるとは思いもしなかった。

ウィルフリードとはもう半年近く一緒にいるが、アデルがよく知っているのは私室でのんびりとくつろいでいる姿と、寝所で睦《むつ》み合っている姿だけだ。あんな恐ろしい顔で人を脅すウィルフリードなど今まで一度も見たことがない。

以前、刺客に剣を向けた姿を見たが、今日の恐ろしさはあの時の比ではなかった。おそらくこれが本来の武人としてのウィルフリードの姿なのだろう。

獰猛な獅子の群れを率いる金色の獅子の王。それが本当のウィルフリードだ。

雄々しく頼もしい自らの番に微笑みかけ、アデルは謁見の間に居並ぶ家臣に目を向けた。

「皆、すまない。今よりイズタールは我がラートランの敵国となった。国土を戦火に晒すことになるかもしれないが、許してほしい」

戦火という言葉に皆が一斉に緊張した表情を浮かべる。そんな中、宰相であるゲルトがのほほんとした口調で言った。

「なるほど。これから忙しくなりそうですなぁ」

「ゲルト……」

「まあ、ウィルフリード様をお匿いになった時からこうなることはわかっておりましたゆえ、そうお気になさいますな。それに、我ら家臣一同アデル様のご気性が荒いのは重々承知しております」

「その上辛辣で気が短い――そう言いたいのだろう？」

「御意にございます――」

真面目くさった顔でゲルトがそう答えると、緊張がほぐれたのか他の家臣たちも皆クスクスと笑い声を漏らす。そんな家臣たちにアデルはもう一度すまないと詫びた。

先ほどの使者が戻り、イズタールが攻め込んでくるまでどれくらいの猶予があるだろうか。

ウィルフリードはイズタールの兵をラートランの領内に一歩たりとも入れないと言っていたが、一抹の不安は残る。

「我らにできることは全てやり尽くし、あとは運を天に任せるしかないということか……」

思わず呟くと、ウィルフリードがふんと鼻を鳴らした。

「馬鹿言うな。そんな天みたいなあやふやなものに任せてたまるか。運なんてものは自分の手で摑み取りに行くんだ」

「ウィルフリード――」

「心配するな。運は俺が必ず摑み取ってやる。幸運も悪運も全てこの手で摑んでアデルの元に持ってきてやる。俺たちが並んで立つためにな――」

金の髪を揺らしてウィルフリードが獰猛に笑う。

不確かなものでしかないその言葉にアデルはなぜか安堵《あんど》した。


俺が迷えば俺の手を引いてくれ。

アデルが迷えば俺がアデルの手を引く――。

だから、俺の側にいてくれ。番として、互いの命尽きるまでずっと――。


誓いの言葉だろうそれを思い出し、自分の手をそっとウィルフリードの手に重ねる。その手をウィルフリードがぎゅっと握り返してきた。

伝わってきたのは力強い手の温もりだった。

温かい手だとアデルは思った。

きっとこの手は全てを摑み取る。自らの、そしてアデルの運命すら変える何かをも――。

ふと顔を上げると、ウィルフリードと目が合った。

「不安か？」

そう尋ねてきたウィルフリードに、アデルは静かに首を横に振る。

「そうか」と笑ったウィルフリードの瞳は、あの日見た夏の空と同じ色をしていた。

エピローグ

ふいに遠くから獣たちの咆哮のような声が聞こえ、アデルはごくりと喉を鳴らした。

兵士たちが上げる鬨の声――。

湖の向こう側からそれが響き渡り、岸にひしめいていた軍勢が揺れる。

とうとうイズタールとの戦いの火蓋が切って落とされたのだ。

この声のする場所で誰かが血を流し、誰かが命を落としている。国を守るために、大切な者を守るために命を賭けろとアデルは兵士たちに命令した。

本当はこんな命令などしたくはない。戦などしないに越したことはないのだ。

イルークに屈して国を明け渡しこの身を委ねるか、それとも拒絶して戦うか――。

アデルは迷うことなく後者を選んだ。イルークに屈したところで民の苦しみは同じだ。イズタールに併合された他の国々と同じ運命が待っているだけだ。

アデルが望まなくても、遠からず血は流れる。アデル自身の手も血にまみれるだろう。けれど、それを厭《いと》うてなどいられなかった。

国と民を守るため、アデルは自らの手を汚さなければならない。

前線で戦う兵たちと同じように――いや、アデルは王として最も汚れた血を浴びなければならないのだ。イズタール王イルークが流す汚れた血を――。

「ざっと十万といったところか。思っていたより少ないな――」

湖沿いにひしめく兵馬を眺めつつ、ウィルフリードが呟いた。

イズタール十万の軍勢に対してラートランは三万足らず。圧倒的な兵力の差だ。けれど、ウィルフリードは大軍を前に怯えるどころか不敵な笑みを浮かべていた。

ラートランを守る黒衣の軍神。金の鬣を持つ獅子のような男を、アデルは眩しげに見やった。

この男がいる限り負ける気がしなかった。ウィルフリードも負け戦など端からするつもりはないと言っていた。アデルはその言葉を信じている。

「どうだ、勝てそうか？」

尋ねるとウィルフリードが軽く肩をすくめた。

「どうだろうな。まあ、最善は尽くす」

そう言ったウィルフリードにアデルはふんと鼻を鳴らした。

「最善などという曖昧《あいまい》な答えなど私は求めていないぞ」

あえて冷たく言い放ち、ウィルフリードから貰ったストールを自分の肩に巻き付ける。それを風になびかせながらアデルはウィルフリードに向き直った。

「必ず勝て。おまえは王となり私にイズタールを捧げると誓った。その誓いを守り、必ず勝って戻ってこい。私と……腹の子のために――」

「え？」

ぽかんと口を開けたウィルフリードをアデルはうんざりした面持ちで見やる。

「子ができた。腹に子がいる。おまえの子だ」

「子って……、子ども？　ええっ？」

心底驚いた様子のウィルフリードに呆れた顔を向け、アデルは言った。

「毎晩あんなに体を繋げていて子ができないと思っていたのか、おまえは」

「あ……いや、まあ、確かにそうだけど……本当か？　本当に子ができたのか？」

「こんな時に嘘を言って何の得がある。体調が優れないから医師を呼んだら子がいると言われた。半年ほどで生まれるそうだ」

「半年……」

いつもと何一つ変わらないアデルの腹を、ウィルフリードがまじまじと眺める。

「そうか……子ができたのか……俺の子が……」

「そうか」と何度も呟きウィルフリードはふと破顔した。

「だったら何があっても勝たないといけないな」

まるで何かの競技にでも出るような口調でそう言い、ウィルフリードはアデルを背後から抱き寄せた。そのまま子を宿したという腹に手を当てる。

「アデル……こんな時にもう一人分の命を預けることになってすまない」

「全くだ。だが、国難に子も耐えてくれるだろう。おまえは必ず生きて戻れ。勝手に死ぬことは絶対に許さない」

「ああ、けりをつけて必ず戻る。だからいい子を産んでくれ。ラートランとイズタール、この二つの国を治める王となる子を――」

アデルの頬に軽く口づけ、ウィルフリードが騎乗する。同時に黒地に金の獅子が描かれた旗が、ラートランの王旗に並んだ。

黒地に白百合の文様が描かれたラートランの王旗。それを守るように金の獅子が隣に寄り添う。

二つの旗を目にした金獅子軍、そしてラートラン兵士たちが一斉に鬨の声を上げた。

「命令しろよ、アデル」

漆黒の甲冑を身に纏い、大剣を肩に担いだウィルフリードが豪胆な笑みを浮かべる。

「俺は俺の王のために戦うぞ。行ってイルークの首を取れと命令しろ」

揺るぎないその言葉にアデルはゆるりと口角を上げた。

「私を王と言うわりには相変わらずぞんざいな口をきいてくれる――」

そう言って喉を鳴らし、馬上のウィルフリードを見上げる。

神をも惑わすような艶麗な笑みを浮かべたアデルは、手にした王笏を空に掲げた。

「行け、ウィルフリード。私の望みはイズタール一国とイズタール王イルークの首。それを私に捧げよ。手を携え、私と共に新しき国を作るために――」

「承知した！」

大剣を肩に担ぎ、漆黒の獅子の群れを率いたウィルフリードが大軍に向かって馬を駆る。

黄金色の髪を輝かせ戦場に向かう雄々しき姿は、まさに金獅子そのものだった。

番となった軍神のごとき伴侶の姿を、アデルは王都の城塞から見つめ続ける。

眼前に広がる湖は、勝利を約束するようにウィルフリードの瞳と同じ色に輝いていた。

＊＊＊

空を映す水をたたえた湖に黒鳥の群れが集まっている。数百羽はいるだろうそれを眺めていたウィルフリードは、そのまま視線を自分の隣に向けた。

「何だ、ミゲルもマリスも寝てしまったのか」

少し残念そうにそう言ったウィルフリードに「ああ」と答え、アデルは自分の膝に仲良く並んで頭を乗せている子どもたちを見やった。

「おまえが帰ってきて嬉しかったのだろうな。相当はしゃいでいたから疲れたのだろう」

黒い髪と金の髪、全く似ていない双子を眺めて目を細める。

自身がオメガであることは承知していたが、本当に子を宿してしまった時はさすがに驚いた。

いったい自分の体に何が起きているのかわからないまま日が経つごとに腹が大きくなり、半年後にアデルは子を産んだ。しかも、一人だと思っていたのに、授かった命は二人だったのだ。

「まさか一度に二人も生まれてくるとは思いもしなかったぞ……」

「未来のラートランとイズタールの王が一度に生まれたんだ。ありがたい話じゃないか」

「そういう問題か」

産む身にもなってみろとぼやき、アデルは双子の髪をそっと手で梳いた。

髪の色が違う双子は二人の父の血をきれいに分けた。唯一似ているのは、どちらの瞳もウィルフリードと同じく空のように青いというところだ。ただし、今のように眠っていてはそれを確認することもできない。

「それにしてもちょっと見ないうちに大きくなったな。もうすぐ三歳になるなんて嘘みたいだ」

寝息を立てている我が子を眺め、ウィルフリードがしみじみと呟く。

「ああ。子の成長は早いからな。それに、この三年は私にとってもあっという間だった——」

「そうだな。あれからもう三年なんだな……」

三年前、イズタールの軍勢がこの湖の対岸にあるラートランの国境に押し寄せた。

イルークは反逆者である王弟ウィルフリードの引き渡しを要求し、そのウィルフリードを匿ったラートラン王アデルの罪を責め立てた。

国境の街カルファの城塞を取り囲んだイズタール兵は約十万。それに、ウィルフリードはわずか三万足らずの兵で挑んだのだ。

誰もが無謀な戦だと言った。たったそれだけで十万の兵に勝てるはずがないと。

だがウィルフリードは勝った。しかもラートラン側にほぼ血を流すことなく勝利したのだ。

「イズタールの軍勢があんなにもあっけなく崩れるとは思いもしなかった」

そう言ったアデルに、ウィルフリードも「そうだな」と頷く。

ウィルフリードが言っていた通り、イズタールの軍勢は玉石混交《ぎょくせきこんこう》どころか石しかないような規律も統制も取れていない烏合の衆だった。

狭い街道にひしめいていた大軍は、職業軍人集団である金獅子軍に襲いかかられて一瞬で瓦解《がかい》した。ただの素人がどれだけ集まろうとも歴戦の猛者たちにかなうはずもない。ましてや、ウィルフリードが率いる金獅子軍の兵士はイズタールの中でも最強と呼ばれてきた兵士たちだ。味方であれば頼もしいが、敵になればこれほど恐ろしいものはない。

その金獅子軍の一方的な殺戮の前に、イズタール軍の兵士たちはただ逃げ惑うしかなかった。混乱を極めた最たる理由は、兵を指揮する立場にあったイズタールの指揮官たちが真っ先に戦場から逃亡したことだった。

指揮官に見捨てられた兵士たちの怒りは、自分たちを無謀な戦場へと駆り立てたイズタール王イルークに向かった。

戦場に出ることもなく王宮でいつものように寵姫たちと戯れていたイルークは、突如として現れたウィルフリードと金獅子軍に驚愕した。まさか王宮にウィルフリードが軍勢を引き連れて現れるなど想像もしていなかったのだろう。

イズタールの民はウィルフリードのために王都の門を開いた。王宮にいる家臣たちもまた同様だった。誰もが暴君であるイルークの排斥を願い、王弟ウィルフリードにイズタールの行く末を託そうとしたのだ。

凱旋《がいせん》したウィルフリードはイルークに自死を促した。イルークを憎む民衆に捕らえられ処刑されてしまうよりはというウィルフリードなりの憐情《れんじょう》だった。だが、潔《いさぎよ》く自ら命を絶てと迫ったウィルフリードをイルークは傲慢な簒奪者と罵り、宮殿のいたるところに火をつけて逃げ回ったのだ。

豪奢な宮殿は瞬く間に炎に包まれ、イルークが逃げ込んだ塔をも呑み込んだ。熱さに耐えかねたイルークが塔から身を投げたのは、宮殿が焼け落ちるのとほぼ同時だった。

戦は圧倒的なウィルフリードの勝利に終わった。

とはいえ、いきなり王を失ったイズタールはさすがに混乱を極めた。だが、それをウィルフリードは武力で、アデルは政治で押さえ込んだ。崩壊した大国イズタールはラートランの属国となり、広大な国土は五つの公国に分けられることになった。

大きな港がある以前のイズタールの王都はそのまま小イズタール公国となり、五つの公国をまとめるイズタール王国の王であるウィルフリードが公主を兼任している。

イズタール王となったウィルフリードは一年の半分ほどを小イズタール公国で過ごし、残る半分をアデルと二人の子どもたちが暮らすラートランで過ごしていた。先日、久しぶりにラートランに戻り、こうしてアデルや子どもたちと共に王宮の前に広がる湖に来ていたのだ。

「それで、イズタールの方はどんな具合なのだ？」

アデルが子どもたちの頭を撫でつつ尋ねると、ウィルフリードが肩をすくめた。

「ああ、随分と落ち着いた。港の交易も順調だし、この前荒野の地下に新たな資源が見つかった。各公国の民の生活も安定しつつある。それもこれもゲルトたちのおかげだ」

「ゲルトの一族は代々ラートラン王家に仕えてきた文官だからな。イズタールの再興に役に立って何よりだ」

「助かる」と頷き、ウィルフリードはアデルの膝で眠る双子に目を向けた。

「ミゲルやマリスには争いのない国を継がせてやりたいな……」

寝息を立てている子どもたちを慈しむように見つめてそう口にする。

「兄弟で血を流し合うのはもうたくさんだ。オメガだろうがアルファだろうがどうだっていい。ミゲルとマリスには手を取り合ってラートランとイズタールを治めてほしい」

オメガであるがゆえに幽閉の身となったアデル。互いを憎み合い、血を流し合ったイルークとウィルフリード。二人の子どもたちには自分たちのようにはなってほしくない。

そんなウィルフリードの言葉にアデルはぽつりと呟いた。

「ならば国が一つ足りないぞ」

「え？」

何のことだと首を傾げたウィルフリードに、アデルは意味深な笑みを向ける。

「今のイズタールを二つに分けねば、腹にいる子の継ぐ国がないと言っている」

「腹にいる子……？」

アデルの言葉を繰り返したウィルフリードがそのままぽかんとした口を開けた。

「子が……できたのか？」

それに「ああ」と頷き、アデルはため息を零した。

「戻ってくる度にあんなに体を繋げていれば子ができるに決まっているだろうが。全く、おまえは私に何人子を産ませる気だ。これでは国がいくつあっても足りないぞ」

聞いているのかいないのか、苦笑交じりにぼやいたアデルの腹をウィルフリードはまじまじと眺めている。

「聞いているのか、ウィルフリード」

「ああ、聞いてる。聞いているとも！　そうか、ミゲルとマリスに弟か妹ができるのか！」

そう言って相好を崩したウィルフリードは、アデルの膝で寝ている子どもたちを両腕に抱き上げた。

「聞いたか、ミゲル、マリス。おまえたちに弟か妹ができるぞ！」

「ウィルとうさま……なぁに……？」

「ねむいよぅ……」

いきなり起こされて寝ぼけ眼のミゲルとマリスを抱き締め、ウィルフリードは「めでたい」と豪快に笑う。

「そうだ、アデル。姫だ。次は女の子を産んでくれ！」

「無茶を言うな。また男かもしれないだろう」

「ならその次だ。アデルに似た女の子ならきっと絶世の美女になる。求婚者の列が王都に連なるぞ」

「そしていずれどこかの男を伴侶にするのだろうな。西の国の王子か、東の国の貴族か……」

「あぁ？　伴侶ぉ？」

一気に不機嫌な顔になったウィルフリードに、アデルは「そうだろう？」と肩をすくめた。

「しかもそれがおまえのような男だったらどうする？」

「そんなもん、そいつを一発ぶん殴るに決まっているだろう」

一切の迷いがないウィルフリードの回答に、アデルはあんぐりと口を開けた。

「当たり前だろう。アデルならどうする？」

「一発殴っておくな」

「だろう？」

二人の父に殴られることになるだろう哀れな未来の求婚者を想像し、互いに顔を見合わせて吹き出す。

くすくす笑い合っていると、ウィルフリードに抱かれていたミゲルが手にしていた小袋をずいと差し出した。

「あのね、ウィルとうさま、アデルとうさま。ミゲルね、とりさんにごはんあげるの！」

「マリスもあげるの！　くろいとりさんにあげるの！」

黒い髪を揺らしながらマリスもまた手に持っていた小袋を振る。

どうやら完全に目を覚ましたらしい。二人の子どもたちが、久しぶりに会ったウィルフリードの腕の中ではしゃいでいる。

一月もすればウィルフリードはまたイズタールに向かうだろう。次にラートランに帰ってくるのは年が変わる頃かもしれない。ならば今のうちに充分甘えておけばいいとアデルは思った。

むろん、アデルもそのつもりでいる。

ウィルフリードと二人だけで過ごす時間は、たっぷり甘えておこうと——。

「二人とも黒い鳥さんにごはんをあげるのか。よし、一緒に行こう」

愛しい我が子を両腕に抱き、ウィルフリードは黒鳥たちが戯れる湖へと歩いていく。

太陽の光に輝く金の獅子を追うように、アデルもまた湖へと足を向けた。

あとがき

こんにちは、井上《いのうえ》ハルヲです。このたびは『金獅子と氷のオメガ』をお手にとってくださいましてありがとうございました。

今回のお話はオメガバースファンタジーです。

とはいえ、異世界トリップでもなければ転生でもない、魔王もいなけりゃドラゴンもエルフもでてきません。オメガの王様とアルファの王子様が互いの国の存亡をかけてエロいことをしています。いやいや、ちょっぴり架空戦記っぽさのあるお話です。

打ち合わせをした時に担当さんにオメガの王様の話を書きたい、アルファからの求婚を断り続けるオメガの王様なんですがとお話したところ、「かぐや姫みたいな受けですね！　いいじゃないですか！」と言われました。

「うん、まあ、そんな感じですかねぇ……（ちょっと違うけど）」と茶を濁して書き進めて、初稿が上がったら案の定かぐや姫ではなく少々マイルドなトゥーランドットかサロメみたいな受けになっていました。

イラストは前回と同じくれの子《こ》先生にお世話になりました。エロさはあれど華やかさが少ないお話に大輪の華をそえてくださり感謝の言葉もありません。キャララフをいただいた際、攻めがあまりにかっこよくて萌え滾り、別途書いた短編がほぼ攻め視点のものになりました。そしてカバーイラストの受け王の色っぽさ……！　れの子先生、素敵なキャラに仕上げてくださいまして本当にありがとうございました！

そういえば攻めの名前がウィルフリードなんですが、音読すると強烈に発音しづらかったです。これはドイツ系の男性名で『平和的な』という意味合いを持っています。受けのアデルもドイツ系の男性名で、こちらは『気高い』という意味合いを持っています。どちらも優しさと強さを併せ持つ二人にふさわしい名前かなと思っています。

最後になりましたが、この本を読んでくださいました皆様に感謝を。

新作をなかなかお届けできない昨今ですが、少しでも楽しんでいただけると嬉しく思います。

また新しいお話がお届けできる日が来ることを祈りつつ――。

CROSS NOVELS既刊好評発売中

俺の心、金で買えるか？

愛は金なり

井上ハルヲ

Illust 小山田あみ

可愛い顔に似合わず悪辣な闇金社長・湊と、精悍な見た目とは裏腹にやる気のない貧乏バテンダー・黒田。

二人のつながりは、二百万円の借金と、二年前に急死した湊の恋人で、黒田の友人でもある真壁の存在だけ。

借金の取り立てを口実に黒田の店に通ううち、真壁によく似た彼に惹かれていることに気づいた湊は、利息分の二十万で黒田の体を一晩買うと言い出し……!?

金でしか結ばれない、孤独で不器用な二人の愛の結末は!?

CROSS NOVELS既刊好評発売中

オメガってなにそれ!?

溺愛神官王の運命の番
～異世界に飛ばされたらオメガでした～

井上ハルヲ　Illust れの子

大雨の行軍訓練中に崖から転落した晃。気づけば異世界の泉で溺れかけていた！　拾ってくれたのは銀髪の美しい神官リアム。彼から漂う媚薬のような匂いに晃はなぜか欲情してしまう。

「おまえが私の番になるオメガなのか」そう言ってリアムは口づけてきたが、そもそもオメガってなに？　運命の番ってどういうこと!?　わけもわからないうちに耐え切れないほどの快楽が晃を襲う。

まさかこれはオメガの発情期なのか……!?

CROSS NOVELS既刊好評発売中

私のタマゴを産んでくれ！

狼耳の魔王に求愛されています

井上ハルヲ　Illust れの子

「私を忘れてしまったのか？」

祓魔師・律は黒ずくめの男にそう言って押し倒される。その男は十五年前に律が拾った子犬・ゴンタ!?

モフモフのイケメンワンコ（本人は魔族と主張）に変身できる男の正体はなんと魔王で、律に子を産んでもらうために、はるばる魔界からやってきたと主張する。そしてゴンタは一生に一度の繁殖期の相手を律に決めていると一途に求めてきて……？　人間界の常識の通じない押せ押せ魔王サマとの求愛ラブコメ♡

CROSS NOVELS既刊好評発売中

スズははーとのいみでタイチがすきか？

狛犬は赤い恋糸を結ぶ

真崎ひかる

Illust 陵クミコ

ベーカリーでアルバイトをしている寿々は、常連客の喜瀬川にほのかな恋心を抱いていた。

ある日彼を追いかける子どもを見てしまい、失恋――と思いきや、その子どもの正体は喜瀬川に取り憑いている狛犬だった！

さらには縁結び修行中の狛犬たちが「らぶらぶにしてやろう」と喜瀬川にまじないをかけると、彼から突然キスされてしまい……!?

包容力系紳士攻め×純情健気受け＋双子の狛犬のハートフルラブ♡

CROSS NOVELS

CROSS NOVELS既刊好評発売中

私の生涯を懸けてあなたを愛します

オメガの僕がお見合いします

秀 香穂里　Illust 佐倉ザクロ

オメガとして身も心も成熟する適齢期を迎えた真雪。けれどまだ恋をしたこともなく発情期には部屋にこもり一人慰めやり過ごす日々。

そんな真雪に突然見合い話が持ち上がった。相手は父のお気に入りのアルファで貿易会社社長・久遠。

内気な真雪は期待と不安に揺れながら一度だけならと彼と会うことに。だが耳をくすぐる美声と温かな美貌の久遠に出会った瞬間、何かが始まる予感にぼうっとなって…!?

お見合いから始まる溺愛ディスティニー♥ラブ

CROSS NOVELS既刊好評発売中

恋の抜け駆け、絶対禁止令発動！

魔王様と龍王様に愛されすぎちゃう異世界ライフ

真船るのあ　Illust 古澤エノ

天涯孤独で保育士の蒼羽は、神様のミスで巫女として異世界召喚されてしまった！

神様特製チート魔法ステッキ片手に降り立った場所は、仲が悪い大国同士の国境ド真ん中。

魔人王ルヴィアンと龍人王ハルレインの間で蒼羽争奪戦が勃発し、美形二人から全力で口説かれることになって、さぁ大変！

俺は保育士として働きたいだけなのに！

最初は困っていた蒼羽だけど、彼らの真摯な求愛に次第に心を動かされていき…♡

自信家俺様王＆紳士系スパダリ王×愛され巫女の異世界求婚ラブ！

CROSS NOVELSをお買い上げいただき
ありがとうございます。
この本を読んだご意見・ご感想をお寄せください。
〒110-8625
東京都台東区東上野2-8-7　笠倉出版社
CROSS NOVELS 編集部
「井上ハルヲ先生」係／「れの子先生」係

CROSS NOVELS

金獅子と氷のオメガ

著者
井上ハルヲ
©Haruo Inoue

2021年1月23日　初版発行　検印廃止

発行者　笠倉伸夫
発行所　株式会社　笠倉出版社
〒110-8625　東京都台東区東上野2-8-7　笠倉ビル
[営業]TEL　0120-984-164
FAX　03-4355-1109
[編集]TEL　03-4355-1103
FAX　03-5846-3493
http://www.kasakura.co.jp/
振替口座　00130-9-75686
印刷　株式会社　光邦
装丁　斉藤麻実子〈Asanomi Graphic〉
ISBN 978-4-7730-6070-6
Printed in Japan

乱丁・落丁の場合は当社にてお取り替えいたします。
この物語はフィクションであり、
実在の人物・事件・団体とは一切関係ありません。